十津川警部の挑戦(上)

西村京太郎

祥伝社文庫

目次

父の失踪《しっそう》

季見子《きみこ》は、父の様子が変わったのは、母が亡くなったせいだと、思っていた。

父の佐々木完治《ささきかんじ》は、昔、警視庁捜査一課の刑事だった。

二十年前に辞《や》めているから、ふた昔も前である。

辞めた時、父は四十二歳だったそうで、定年退職ではなかったらしい。

なぜ、辞めたのか、季見子は知らないし、聞いたこともない。去年の秋に病死した母は、時々、「お父さんが、警察を辞めてくれてよかったよ」と、口にすることがあったから、刑事時代の父の生活は、たぶん、ひどく、不規則だったのだろう。

現在、二十五歳の季見子は、刑事としての父の姿を、ほとんど知らない。彼女の知っているのは、中央鉄鋼という中堅会社の人事部で、労務管理の仕事をしている平凡なサラリーマンとしての父の姿だった。

父は、酒好きな点を除けば、バクチもやらず、家を無断であけることもせず、模範的な家庭人だった。少なくとも、娘の季見子の眼には、そう映っていた。

いた。

季見子は、そんな父の変化を、三十年近く連れ添ってきた母を失ったせいだと、思っていた。

泥酔《でいすい》して、帰宅し、季見子の手を焼かせることもあった。

一人で、考えこんでいたり、季見子に黙って、家をあけたりするようになった。

去年、母が亡くなってから、父の様子が、おかしくなった。

という印象が、季見子には強い。

（家庭的で、物静かな父）

季見子は、M銀行の総務部に勤めていて、恋人もいる。彼のことは、亡くなった母には、話してあったが、父には、まだだった。そのうちにと思っていたのだが、母が急死して、何となくチャンスを失ってしまった感じだった。

恋人の原田《はらだ》にも、正式な結婚の話は、父の気持ちが、落ち着いてからにしてほしいといってあった。

七月八日に、原田と、夕食を一緒にし、そのあと、六本木《ろっぽんぎ》で、飲んだ時も、季見子は、同じことを、彼に、いった。原田のほうが、結婚に積極的だったからである。

吉祥寺《きちじょうじ》にある、自宅に、帰宅したのは、午後十一時を過ぎていた。

父は、いなかった。

代わりに、ダイニングルームのテーブルに、手紙が置いてあった。

〈用事があって、小樽《おたる》へ行ってくる。十日の夜には、帰れるはずだ。　　父〉


いかにも、父らしい、ぶっきらぼうな置き手紙だった。

何の用で、父が小樽へ行ったのか、季見子には、わからなかった。

小樽へ行った父から、連絡の電話はなかったが、季見子は、別に、心配はしなかった。戦前派の父は、いちいち、家庭に連絡するのは、恥みたいな考えを持っていたからである。

翌日の夜、電話があったが、父からではなかった。

「警視庁捜査一課の十津川《とつがわ》という者ですが」

と、中年の男の声が、いった。

「はあ」

とだけ、いったのは、季見子の知らない名前だったからである。

「お父さん、おられますか？　佐々木完治さんですが」

「おりませんわ。今、出かけているんです」

「どちらへ、お出かけですか？」

と、相手は、しつこく、きいてくる。

季見子は、急に、不安になってきた。

「父に、何かあったんでしょうか？」

「そんなことは、ありません。都内にお出かけですか」

「いいえ、旅行ですわ」

「いつ、お帰りですか？」

「明日にでも、帰ると思いますけど」

「帰られたら、すぐ、私に、連絡するように、お伝えください」

と、十津川はいい、電話番号をいった。

（何だろう？）

と、季見子は、考えてしまった。警視庁捜査一課といえば、二十年前まで、父が働いていた場所である。そのことと何か関係がある用事なのだろうか？

（まあ、父が帰ってくれば、わかることだわ）

と、季見子は、自分に、いい聞かせた。意外に、つまらないこと、例《たと》えば、捜査一課で働いた人や、現職員で、パーティをやるので、父にも、OBとして、出席してほしいという、そんな電話だったのかもしれないのだ。

十日の夜になった。

父が、旅行から帰るので、季見子は、父の好きな近所のにぎり寿司《ずし》を取り、ビールを冷やして、待っていた。

母が亡くなってから、ちょっと、様子がおかしいから、こんな時に、元気づけてやろうと、思ったのである。

テーブルの上に、寿司徳《すしとく》のにぎりを置き、ビールのコップを用意し、酒の肴《さかな》も並べて待っていたのだが、夜の十時になっても、十一時になっても、父は、帰って来なかった。

季見子は、急に、心配になってきた。

何といっても、父は、もう六十二歳である。

頑健さを、いつも自慢しているが、反射神経は、鈍くなっているだろう。それで、暴走する車を避《よ》け切れなかった。そんな事故に巻きこまれてしまったのではないだろうか？

ふいに、電話が鳴った。

季見子は、受話器を取った。

「十津川です」

と、相手が、いった。季見子は、拍子抜けしながら、

「父は、まだ帰って来ませんけど」

「連絡もありませんか？」

「ええ。連絡がないのは、いつものことですわ」

「どこへ行かれたのか、教えて頂けますか?」

と、相手は、丁寧《ていねい》に、きいた。

「小樽へ行くと、手紙には、書いてありましたけど」

「北海道の小樽ですか?」

と、十津川は、念を押した。

「はい」

「手紙といわれましたが、置き手紙ですか?」

「はい」

「正確に、何と書いてあったのか、教えてくれませんか」

「読むんですか?」

「お願いします」

と、十津川が、いう。

季見子は、父の手紙を持って、電話のところに戻り、

「読みます。『用事があって、小樽へ行ってくる。十日の夜には、帰れるはずだ。父』ですわ」

「何の用で行くのかは、書いてないんですね?」

「はい。これだけですわ」

「わかりました。また、電話します」

と、十津川はいい、季見子が、何かいいかけた時には、もう、電話は切れてしまっていた。

季見子には、十津川という刑事が、なぜ、父のことを、あれこれきくのか、わからなかった。とにかく、父は、二十年前に警視庁を辞めているのだ。

（父は、警察の厄介《やっかい》になるようなことをしたのだろうか？）

しかし、それなら、呑気《のんき》に、電話で問い合わせてきたりはせず、いきなり、家に、押しかけてくるだろう。

それに、最近の父の様子を思い出してみても、母の死のあと、少し、おかしくはあったが、警察を恐れている感じではなかった。

その夜、とうとう、父は、帰って来なかった。

翌日、季見子は、心配になって、会社には、電話で欠勤する旨《むね》を伝え、家で、父の帰りを待った。

昼を過ぎたが、父は、帰らない。連絡もない。

季見子は、父が定年後も嘱託《しょくたく》として勤務していた中央鉄鋼に、電話してみた。会社のほうに、連絡が入っているかもしれないと、思ったからである。

電話には、人事部の管理課長が出た。

「佐々木さん？　とっくに、辞めていますよ」

「辞めた？　本当ですか？」

季見子は、びっくりして、きいた。

「ええ、去年の十一月末日で、退職されています。退職金も、支払われていますよ」

と、管理課長は、事務的な口調でいった。退職金のことで、何かいって来たのかと、思ったらしい。

「その時、辞める理由を、いっていましたか？」

と、季見子は、きいた。

「一身上の都合ということでしたね。それ以上のことは、聞いていませんよ」

と、管理課長は、いう。

季見子は、当惑したまま、電話を切った。

管理課長が、そういうのだから、本当なのだろう。しかし、季見子は、父が退職したことを、まったく、気がついていなかったのである。

母が亡くなったのが、去年の十月二十六日だった。その一カ月後に、父は、季見子に黙って、会社を辞めていたことになる。

その後も、父は、朝、家を出て、夕方、帰宅した。

ずっと、会社勤めを続けているように、振る舞っていたのだ。

なぜ、父は、そんなことをしたのだろうか？

母が亡くなったショックで、父は、サラリーマンを辞めてしまったのか？

それにしても、なぜ、私に、本当のことを話してくれなかったのかと、季見子は、それが、腹立たしかった。

父は、十一月末に、辞めたという。それから、今日まで、いったい、何をしていたのだろうか。じっと、考えこんでいたり、突然、泥酔したりしたことはあったが、それは、何だったのか。

今まで、季見子は、父が、母を亡くしてから、勤めていても、面白《おもしろ》くなくて、それで、考えこんだり、酔っ払ったりしているのだろうと、思っていたのである。

それが、どうも、違っていたらしい。父は、母が亡くなった直後に、会社を辞め、何か、季見子の知らない仕事をやっていたような感じがしてきた。

「小樽へ行く」という置き手紙を見た時、季見子は、小樽に、何をしに行ったのだろうかと、不思議だった。

親戚や、知人で、小樽に住んでいる者はいなかったからである。恐らく、会社の関係で、行ったのだろうと、季見子は、思っていたのだが、その会社を、七カ月も前に、辞めてしまっていたとすると、わけがわからなくなってくるのだ。

ひょっとして、飛行機の事故でもあったのではないかと、季見子は思い、新聞や、テレビのニュースを、気をつけて見たのだが、それらしい記事も、放送もなかった。

十二日になっても、父は、戻らなかったし、連絡もなかった。

季見子は、警視庁捜査一課の十津川という刑事に、電話をかけてみた。何か、父のことで、知っているような気がしたからである。

しばらく待たされて、十津川が出た。

十津川の態度は、前と違っていた。

最初、彼のほうから、電話をかけて来て、父のことを、あれこれ、きいたはずである。季見子のほうが、戸惑《とまど》ったくらいなのだ。

それなのに、今日の十津川の様子は、ひどく、よそよそしかった。第一、もう一度、電話しますといっていたのに、昨日も、今日も、連絡して来なかったではないか。

「佐々木です」

と、いっても、十津川は、「そうですか」と、いっただけである。

それでも、季見子は、すがるような思いで、

「父が、まだ帰って来ないんです。十津川さんが、何か知っているんなら、教えて頂けませんか」

と、いった。

「大丈夫ですよ。すぐ、帰りますよ」

十津川は、簡単に、いった。

季見子の心配が、まったく、相手に通じていない感じで、彼女は、いら立ちながら、

「でも、帰宅の予定が、二日も、遅《おく》れているし、何の連絡もないんです。明日になったら、小樽へ行ってみようかと、思うんですけど」

「いや、そんなことはしないで、じっと待っていらっしゃい。お父さんは、必ず、帰りますよ」

と、十津川は、いう。

「父が、なぜ、小樽へ行ったか、十津川さんは、知っていらっしゃるんですか」

「いや、知りません」

「でも、そちらから、電話をかけて来て、父のことを、いろいろと、おききになったじゃありませんか」

季見子は、軽い腹立たしさを覚えながら、いった。

そんな季見子の抗議に対して、十津川は、

「そうでしたか」

と、いった。

「十津川さん」

「はい」

「何か、父のことで、隠していらっしゃるんですか？　それなら、いってください」

「何も隠してはいませんよ。私が、警視庁へ入った時は、すでに、佐々木さんは、辞められたあとですから、よく存じあげないのです」

「それなら、なぜ、電話をかけて来られたんですか？　父のことで」

「それは、警視庁のＯＢ会のことで、近況をおききしたかっただけですよ」

「本当ですか？」

「ええ。本当です」

「十津川さんが、何もご存じないのなら、仕方がありませんわ。こちらで、父を探しに行って来ます」

と、季見子は、いった。

なぜか、十津川は、あわてた調子で、

「それは、いけません。じっと、お父さんの帰りを、待っていらっしゃい」

季見子には、十津川の態度が、不可解だった。

父の失踪《しっそう》については、何も知らないという。そのくせ、季見子が、小樽へ、父を探しに行くというと、やめなさいと止めるのは、どういうことなのだろう。

父のことで、彼が電話して来たのだって、警視庁のＯＢ会云々《うんぬん》のためとは、信じられなかった。

父の近況についてききたかったといっているくせに、十津川が、心配していたのは、父の旅行のことだけである。本当に、近況を知りたいのなら、父の健康状況だって、父の現在の仕事のことだって、きくべきではないのか。

（本当に、心配してくれているわけではないのだ）

季見子は、それを結論にして、電話を切ってしまった。

明日、小樽へ行ってみよう。そう思い、季見子は、二階の父の部屋を調べてみることにした。

父が、書斎として、使っていた六畳の部屋である。季見子は、掃除《そうじ》してあげようとして、入って、父に叱られたことがあった。それ以来、足を踏み入れたことがない。

襖《ふすま》を開けて、中に入り、季見子は、灯《あか》りをつけた。

大きな机が、窓際に置かれ、反対側には、布団《ふとん》が、敷きっ放しになっていた。父は、何か調べていて、そのまま、ここで寝てしまうことも、あったらしい。

本棚には、警察関係の本が多かった。そのことが、季見子には、まず、意外だった。二十年前に、警察を辞めてから、父が、警察のことを話すのを、季見子は、聞いたことがなかったからである。

最近買ったらしい警察関係の本もある。それに、警察の内部の広報誌の山。ずっと、この雑誌は、講読していたようである。

(父は、まだ、警察に、未練があったのだろうか?)

それが、不思議だったが、季見子が一番知りたかったのは、父が、小樽へ行った理由だった。

小樽で、誰かに会うつもりだったのなら、その相手の名前を知りたい。

父は、いつも、黒い革の手帳を持っていたのだが、どこを探しても、見つからなかった。持って、出かけたのだろう。

電話機のそばに、メモ帳がある。それを、繰《く》っていて、ひとつの言葉を、見つけ出した。

〈小樽——がんがん部隊〉

書かれてあったのは、それだけである。

(何のことだろう?)

と、季見子が、思った時、階下で、突然、小さな物音がした。

季見子は、びくっとした。

耳をすませたが、また、静かになっている。

(気のせいだったのだろうか?)

と、思った時、

がたっ——

と、今度は、はっきりと、物の倒れる音がした。

父がいれば、昔取ったきねづかで、飛び出して、見てくれるのだが、今は、季見子一人である。

それでも、季見子は、自分を勇気づけながら、そっと、階段を、降りて行った。

ひょっとすると、父が、帰ったのではないかという気もあった。

十日に、帰るといったのに、それが、延びのびになり、おまけに、連絡をして来なかった。それが、照れ臭いので、こそこそ、帰って来たのかもしれない。

そんなところのある父だった。

「お父さん？」

と、階段の途中に、立ち止まって、一階の暗がりに向かって、呼んでみた。

返事がない。

一階の廊下の灯りはついているのだが、部屋の電灯は、消してある。

季見子は、怖いのを我慢して、六畳の部屋に入ると、壁のスイッチに、手を触れた。

オンにしようとした瞬間である。

突然、人の気配が近づき、大きな手が、背後から、季見子を、抱きしめた。

手が、彼女の口を、ふさごうとする。

「声を立てると、殺すぞ」

と、男の声が、いった。
が、季見子は、その前に、悲鳴をあげていた。
「この野郎！」
と、相手は、怒声をあげ、季見子の首を締めた。
強い力だった。
痛みと、苦しさが、同時に、季見子を襲った。叫ぼうと思うのだが、声にならない。
相手の手に、ますます、力が加わってくる。季見子の意識が、薄れてきた。
（このまま、死ぬのだろうか――）
と、思った時、ふいに、相手が、季見子の身体《からだ》を放り投げた。
季見子には、何が起きたのか、わからない。
ただ、息を、ぜいぜいしながら、ぼんやりと、暗闇の室内を見ていた。
黒い影が、一つではなく、二つ、激しく、ぶつかり合っているのが、見えた。
片方が、逃げ出した。
襖の倒れる音が、した。
二つの影が、部屋を飛び出していった。
季見子は、喉《のど》を押さえながら、よろよろと、立ち上がって、電灯をつけた。
ぱっと、六畳の部屋が、明るくなった。

その明かりの中に、若い男が、入って来て、季見子を見た。

季見子が、あわてて、逃げようとすると、相手は、手を振って、

「怖がらないでください。私は、警察の人間です」

といい、黒い警察手帳を取り出して、彼女に、見せた。

それでも、季見子は、信じられずにいると、相手は、

「警視庁捜査一課の日下《くさか》刑事です」

と、名乗った。

どうやら、本当らしいと感じて、季見子は、その場に、すわりこんだ。

急に、力が抜けていく感じで、溜息《ためいき》をついてから、

「さっきの男は？」

と、きいた。

「残念ですが、逃がしてしまいました。足の速い男です」

「あなたは、なぜ、ここにいたんですか？」

季見子は、咎《とが》めるように、きいた。助けてくれたのは、有難かったが、疑問は、疑問だった。

若い日下刑事は、軽い困惑の表情を、浮かべながら、

「上司の十津川警部に、指示されたんです。こちらで、何かあるかもしれないので、注意

して、見守れ、と。こちらに着きますと、玄関横の窓ガラスが開いていたので、おかしいと思ったら、あの男が、忍びこんでいたわけです」

「十津川警部さん？」

「ええ」

「なぜ、急に、十津川さんが、私のことを、心配してくださったんですか？　おかしいわ」

季見子は、皮肉をこめて、いったのだが、日下は、わからないという顔で、

「理由は、聞いておりません。とにかく、急いで、行って来いと、いわれただけです」

「父が、小樽から帰って来ないことと、関係あるんですか？」

「小樽って、何のことか、わかりませんが」

と、日下は、首をかしげた。本当に、わからないという顔つきだった。

「十津川さんに、電話して、確かめたいんですけど、今、どこに、いらっしゃるのかしら？」

「もう、自宅へ帰っていると思います」

「電話番号、知りません？」

「わかりません。申し訳ありませんが――」

「いいわ。明日、かけます」

と、季見子は、いった。

十津川に対する腹立たしさは、まだ、消えていなかったが、眼の前の若い刑事には、関係のないことだと、思い直して、

「今、お茶をいれますわ」

といった。

だが、日下は、気を遣《つか》わないでくださいといい、軽く一礼して、家を出て行った。

二階へ上がって窓から見ていると、日下は、前の通りのところで、立ち止まっていた。

季見子は、しばらく日下刑事の様子を見ていた。

通りの電柱のかげに立って、じっと、季見子の家を、見張っている。

彼のおかげで、殺されかけたのを、助かった。感謝しなければいけないのだろうが、季見子は、単純に、その気には、なれなかった。

十津川という警部の態度が、まずおかしい。

最初、父のことで、電話して来たのは、向こうなのだ、それも、一度ではなかった。

それなのに、父が失踪したあとは、妙に、冷たかった。

そして、今度は、部下の刑事に命じて、季見子の護衛をさせている。その変わり方が、彼女には、不可解だし、信用できない感じがするのである。

通りの向こうで、電柱のかげに立っている日下刑事にしても、確かに、今は、季見子を

守ってくれたが、じっと見ていると、彼女を守ってくれているのではなく、監視しているような気もしてくるのだ。

季見子は、もう一度、父の部屋に入った。

〈小樽――がんがん部隊〉

の文字が、嫌でも、眼に入ってくる。

がんがん部隊というのは、いったい何なのだろうか？

父には、軍隊経験があると、聞いていた。戦争末期、軍隊に入ったが、内地で、敗戦を迎えたらしい。

がんがん部隊というのは、その時、父が入っていた部隊の愛称か何かなのだろうか？

父は、敗戦の時、二十歳だった。敗戦の時、日本全国で、さまざまなことがあったらしい。

そんな秘話のような読み物を、季見子は、読んだことがある。

場所によっては、ひどいこともあったようである。

父が、敗戦の時、小樽にいて、そこの部隊で、何かあったのか？

そのことが、四十年以上たった今、父を、小樽に、行かせたのだろうか？

季見子は、机の引出しから、名刺のホルダーや、手紙の束《たば》を取り出して、調べてみた。

三十分近くかかって、一枚の名刺を見つけ出した。

〈〇〇部隊の戦友〉

と、父が、書きこんでいる名刺である。名刺の主は、N銀行の支店長だった。

季見子は、自宅と書かれたほうの電話番号をまわした。

「突然申しわけありません。佐々木完治の娘の季見子と申します」

と、季見子が、いうと、

「ああ、佐々木さんのお嬢さんですね？　どうしました？」

「敗戦の時、父は、日本のどこにいたんでしょうか？」

と、季見子が、きくと、相手は、

「お父さんは、何といわれているんです？」

「父は、今、留守なんです。それで、どうしても、そのことが、わからないと、困る事情が、できたんです」

と、季見子は、いった。いろいろと、質問されるかなと思ったが、相手は、あっさり

と、

「九州の大分にいましたよ。米軍が、沖縄の次は九州に上陸して来るらしいということで、緊張していましたがね。戦争が終わってしまって、助かりました」

と、いった。

「では、北海道へは、一度も、行かなかったんですか？」

「ええ。行きませんよ」

「父のいた部隊ですけど、がんがん部隊という愛称が、ついていませんでした？」

「愛称ですか？　そんなものは、ついていませんでしたね。あの頃は、どうせ、全員、戦死すると思っていたから、冗談をいう余裕はなかったんですよ」

相手は、説明する口調で、いった。

「父に、最近、お会いになりましたか？」

と、季見子は、きいてみた。

「そうですね。一カ月ほど前に、渋谷《しぶや》で、会いましたよ。私が、仕事を終えてからだから、夜の七時頃だったと思いますね」

「その時、父と、特別なお話をなさいましたか？」

「久し振りに会ったので、私は、一緒に、飲もうと思いましてね。行きつけの店へ誘いました。佐々木さんは、つき合ってくれたんですが、意外に、話が弾《はず》まなかったですねえ。佐々木さんは、何か、問題を抱えているみたいでしたよ。前に会った時は、昔の軍隊時代のことで、話が弾んだんですが、一カ月前の時は、同じ話をしていても、佐々木さんは、生返事《なま》ばかりされていましたよ。何か、思い悩んでいることが、あったんだと思いますね」

「それが、何なのか、おわかりになりますか？」

「さあ。はっきり、佐々木さんは、いいませんでしたからね」

と、相手は、いったが、間を置いてから、

「あの時、一つだけ、佐々木さんが、いったことを、思い出しましたよ。あの時は、何ということもなく、聞き流してしまったんですが」

「どんなことを、父は、いったんでしょうか？」

「唐突にこういわれたんです。『男は、一生に一度くらい、命がけでやらなければならない問題を持っているんじゃないか』とです。今でも、佐々木さんが、何を頭に描いて、そういったのか、わからないんですがね」

（そのことと、小樽行が結びつくのだろうか？）

小樽《おたる》への旅

午前二時近くになって、季見子は、やっと、眠ることができた。

翌朝、季見子は、起きると、テレビのニュースを見てみた。

昨夜のことが、どんなふうに、報道されているか、知りたかったからである。

しかし、ニュースは、全部見たが、季見子が襲われた事件は、最後まで、出てこなかった。

別に報道してもらいたいわけではないが、あの日下という若い刑事は、当然、事件のことを、上司に報告したはずだと、思ったからだった。

それなら、嫌でも、ニュースになっているはずである。

たぶん、十津川が、押さえて、マスコミに、知らせなかったのだろう。

(なぜ、そんなことをしたのだろうか?)

季見子は、九時を過ぎてから、警視庁に、電話をかけた。

十津川を呼び出してもらってから、

「なぜ、あんなことをなさったんですか？」

と、きいた。

「何のことか、わかりませんが」

十津川は、本当に、当惑したような声を出した。

季見子は、むっとしながら、

「あなたの部下の日下という刑事さんのことですわ。私は、昨夜、強盗に、家の中で襲われました。ちょうど、その時、日下刑事さんに助けて頂きましたが、お礼は、お礼として、おききしたいことがあるんです」

「どんなことですか？」

「なぜ、日下さんを、うちへ寄越したんですか？　なぜ、私が、襲われると、わかったんですか？」

「いや、別に、わかりませんよ。ただ、佐々木さんのいらっしゃる地区で、痴漢が出るので、取り締まってくれという電話があったので、日下君に、行ってもらったわけです」

「日下さんは、そんなふうには、いいませんでしたよ」

「もう一度、おききになれば、正確にいうと思いますがね」

と、十津川は、いった。

「それは、あなたが、日下さんに、口止めなさったんでしょう。それに、昨夜の事件は、あなたが、マスコミに洩《も》らさなかったんだと思いますわ。新聞に出ていませんでしたもの。なぜ、そんな小細工《こざいく》をなさるんですか？」

「別に、何もしていませんよ。日下君の話では、昨夜は、お宅の近くでは、何の事件も起きなかったと、いっていましたがね」

「なぜ、そんな嘘《うそ》をつくのかしら？」

「嘘はついていませんよ」

と、十津川は、いった。

季見子は、のれんに腕押しの感じに、ますます腹を立てながら、

「この際、いっておきますわ。私は、今日、父を探しに小樽へ行きます」

「小樽へ？　行くんですか？」

十津川は、明らかに、あわてている。

「これから、行って来ます」

「それは、やめなさい。お父さんは、間もなく、帰って来ますよ」

「十津川さんは、今、父がどこにいるか、ご存じなんですか？」

と、季見子は、きいた。

「いや、知りませんが——」

「それなら、なぜ、止めるんです？　行方不明になった父親を、探すのは、娘としたら、

るんですか？」

当然のことじゃありません？　それとも、私が、父を探すと、十津川さんは、お困りにな

季見子は、意地悪く、きいてやった。

「そんなことは、ありませんが、お父さんが、連絡して来た時、あなたが家にいないと、困ると思うのですよ」

「それは、おかしいわ。父が無事なら、私が留守《るす》だって、ちゃんと、帰って来るはずですわ。そうでしょう？」

「もう一日、待てませんか？」

と、十津川が、いった。

「待てませんわ。今日じゅうに、行くつもりです」

季見子は、宣言するように、いった。

「やみくもに、小樽へ行っても、お父さんは見つかりませんよ。本当に、心配なら、警察に、捜索願を出しなさい。警察が、探します」

「その警察が、信用できないんです」

それだけいって、季見子は、がちゃんと、電話を切った。

気持ちがすっとすると同時に、十津川に対する、新しい疑惑も、生まれてきた。なぜ、十津川という警部は、彼女の小樽行を、止めようとするのだろうか？

何か、季見子に、行かれては困ることがあるのかもしれない。

東京から、小樽へ行く直通の飛行機はない。季見子は、身回り品をショルダーバッグに詰め、キャッシュカードを持って、家を出た。

日下という若い刑事の姿は、もう、見当たらなかった。

まっすぐ、タクシーで、羽田《はねだ》空港に向かった。道路が、渋滞していて、羽田に着いたのは、十一時過ぎである。

一一時三〇分発の千歳《ちとせ》行きJAL509便の航空券を買うことができた。

まだ梅雨《つゆ》が明けず、学校の夏休みも始まっていないので、それほど、混んではいなかった。

搭乗すると、機内は、八十パーセントほどの乗客である。

窓際の席に腰を下ろすと、季見子は、緊張した気分になった。

小樽に行けば、父は、見つかるのだろうか？

季見子を乗せたJAL509便は、一二時五五分に、千歳空港に着陸した。

タラップを降りながら、季見子は、周囲を見まわした。

梅雨がない北海道といわれるだけに、よく晴れた空が、頭上に広がっている。都会の真ん中の空港と違って、周囲は、広々とした原野である。

（気持ちがいい——）

と、季見子は、爽《さわ》やかな空気を吸いこんだが、ふと、空港建物の三階にある送迎デッキに眼をやって、眉《まゆ》をひそめた。

送迎デッキには、七、八人の人影があって、手を振ったりしているのだが、そのなかに、サングラスをかけた若い男がいた。

（あの刑事だわ）

と、直感した。

日下という刑事である。

家の前から、姿を消したと思っていたら、十津川が、指示して、ここへ、先まわりさせたのだ。

たぶん、一便前の飛行機で、着いたのだろう。

電話で、季見子は、十津川に向かって、小樽へ父を探しに行くと、宣言した。それに、素早く反応したということらしい。

視線が合うと、相手は、送迎デッキから、さっと、姿を消してしまった。

（なぜ、こんなことをするのだろう？）

と、季見子は、到着ロビーに向かって歩きながら、考えこんだ。

日下刑事は、東京では、確かに、季見子を守ってくれた。

しかし、送迎デッキにいたのは、そのためとは、思えなかった。彼女の行動を監視しているとしか考えられない。

父は、突然、小樽へ行った。

今まで、一度も行ったことがないはずの、小樽へである。少なくとも、季見子は、小樽のことを、父から、聞いたことがなかった。

その小樽行が、警察にとって、面白《おもしろ》くないことだったのだろうか？

（しかし、父は、二十年前に、警察を辞めているのに――）

とも、思う。

その後の二十年間、何事もなかったのだ。

季見子は、父から、刑事時代の話を、聞いたことがない。

季見子は、ロビーから、連絡橋を渡って、千歳空港駅へ歩いて行った。

時々、振り返ってみたが、日下の姿は、眼に入らなかった。といっても、相手は、プロである。季見子にわからないように、尾行するぐらい、簡単だろう。

札幌《さっぽろ》で、乗り換えることにして、季見子は、一三時二五分発の特急「ライラック13号」に、乗った。

四両編成の短い特急列車である。

車内は、すいていたが、日下が乗ったかどうかは、わからなかった。

札幌には、一三時五七分に着いた。

ここで、一四時一一分発の快速列車に、乗り換える。

札幌発、長万部《おしやまんべ》行だが、札幌から小樽までが、快速になる気動車である。

小樽着一四時四七分。

午後の陽射しが爽やかだが、強かった。

季見子は、持ってきたサングラスをかけた。

改札口を出てから、まだ、昼食を食べていないことを思い出し、駅近くの食堂に、入った。

小さな食堂で、メニューを見て、ハンバーグライスを注文した。そのあと、自分の気持ちを、引き立てるためにビールも、頼んだ。

これから、どうしたらいいのだろうか？

運ばれてきたビールを、飲みながら、考えた。

父の写真を、持って来た。それを、この町の人たちに見せて歩いたらどうだろうか？

父は、かなり特徴のある顔立ちをしているから、会った人は、覚えている可能性がある。しかし、小樽の人、全員に、見せるわけにもいかない。そんなことをしていたら、何カ月も、かかってしまうだろう。

唯一の手掛かりといえば、父が、書いた「がんがん部隊」という言葉である。

季見子は、食堂で、料金を払う時、店の主人に、

「がんがん部隊って、知っていますか？」

と、きいてみた。

三十歳ぐらいに見える小太りの相手は、首をかしげて、

「がんがん部隊？　何ですか？　それは」

「私にも、わからないんです。私の父が、がんがん部隊に、会いに、東京からこちらへ来て、いなくなってしまったんです」

と、季見子は、正直に、いった。

「そいつは、大変だなあ」

と、相手は、いってくれたが、結局、がんがん部隊のことは、知らないという返事しか、もらえなかった。

礼をいって、季見子は、店を出ると、公衆電話ボックスを見つけて、中に入った。

そこにあった電話帳のページを、繰《く》ってみた。

ひょっとして、「がんがん部隊」が、電話帳に載《の》っているのではないかと思ったからだが、いくらページを繰ってみても、出ていなかった。

(どこへ行ったら、がんがん部隊に、会えるのだろうか？)

季見子は、駅に戻り、タクシー乗り場で、タクシーに、乗りこんだ。

「とりあえず、この小樽の町を、ぐるりとまわってください」

と、季見子は、中年の運転手に、頼んだ。

運転手は、いい客だと思ったらしく、即席で、観光案内をしながら、車を走らせた。

小樽駅から始まって、旭《あさひ》展望台、博物館とまわって有名な運河へ着いた。

「ちょっと、降ろして」

と、季見子が、急に、いった。

運転手は、車を止め、ドアを開けてから、したり顔で、

「ここは、景色のいいところで、観光客は、必ず、写真を撮《と》りますよ」

と、いった。

が、季見子は、その説明を、聞いていなかった。

彼女は、呆然《ぼうぜん》と、運河の対岸に連なる石造りの倉庫群を、眺めていた。

夜には、ガス灯がつくという。

運河の水面は、どんよりと暗い。

ふと、季見子は、眼を閉じた。二、三秒してから眼を開けた。

(この運河の景色を、前に見たことがある)

と、思う。

父も、母も、小樽の話をしたことはなかった。季見子自身も、物心ついてから、小樽には、来ていない。

だから、小樽は、初めての土地と思っていたのだ。

列車を、小樽駅で降りた時も、その気持ちは、変わらなかった。

(しかし、この運河は、前に見ている)

と、思うのだ。

よく、初めての土地なのに、前に来たことがあるような気がすることがあるといわれる。それを、デジャビュとかいうらしいが、今の季見子の気持ちは、それではなかった。

(前に、来たことがある)

と、思うのだ。

父か、母が、季見子が、まだ、物心つかない時、ここへ、連れてきたことがあったのでは、ないだろうか?

たぶん、二歳か、三歳の時だ。そうだとすると、父が、まだ警視庁で働いていた頃ということになる。

季見子は、運河沿いの散歩道を、ゆっくりと、考えながら、歩き出した。

ここは、若者の散策の場所とみえて、時々、若いカップルと、すれ違った。

父も、母も、季見子を、小樽へ連れて行ったという話をしたことは、なかった。

だが、季見子は、自分が、幼い時、父か母に、連れられて、ここに来たのだと、思った。

そして、父は、今、この小樽で、行方不明になってしまっている。

「大丈夫ですか？」

と、運転手が、声をかけた。

どうやら、季見子が、運河に飛びこむとでも、思ったらしい。

季見子は、笑って、「大丈夫よ」と、いってから、タクシーには、余分に払って、帰ってもらうことにした。

しばらく、一人で、考えたかったからである。

今度の旅で、父は、この運河を見に来たに違いない。季見子は、そう確信した。それに、二十何年か前にも、父は、ここに、立っていたに違いない。

季見子は、町の繁華街に向かって、歩いて行った。

わざと、古びた喫茶店を見つけて、中に入ってみた。

有難いことに、六十五、六歳の老夫婦がやっている店だった。こういう夫婦なら、「がんがん部隊」について、何か知っているかもしれない。

二人いた客が、店を出て行ったあと、季見子は、カウンターに、席を移して、マスターに、話しかけた。

「小樽に、がんがん部隊って、あるらしいんだけど、知りませんか？」

と、季見子が、きくと、マスターは、あっさりと、

「ああ、知ってますよ」

と、いった。

季見子は、ほっとすると同時に、何か、拍子《ひようし》抜けの感じを受けながら、

「それ、どんな部隊なんですか？　今でも、生き残りの人がいるんでしょうか？」

「生き残り？」

マスターは、おうむ返しにいってから、クスッと笑って、

「そういえば、今、残ってるのは、みんな、婆《ばあ》さんばかりだねえ」

と、いい、隣りで、カップを洗っている奥さんを見た。

「最高は、七十二歳だそうですよ」

と、奥さんが手を動かしながら、いった。

「がんがん部隊って、女の人たちの集まりなんですか？」

季見子が、きくと、マスターは、眼を、ぱちぱちさせて、

「お客さんは、何だと思っていたんですか？」

「戦時中の兵隊さんたちかと、思っていたんですけど」

「部隊っていうからですか？」

と、マスターは、また、笑った。

「戦争とは、関係ないんですね？」

「ぜんぜん、無関係ですよ。行商のおばさんたちのことを、小樽じゃ、そういうんです。この辺でとれた新鮮な魚を、札幌あたりに売りに行くんだけど、みんな大きなブリキの箱を背負って、団体で動くんで、がんがん部隊と、呼ばれているんですよ。昔は、何十人っていたけど、今は、少なくなったし、年寄りばかりになってしまっていますよ」

と、マスターは、いった。

「いつ頃から、がんがん部隊というのは、あるんですか？」

季見子は、もう一杯、コーヒーを注文してから、マスター夫婦に、きいた。

「日本が戦争に負けてすぐからじゃないかしら」

と、奥さんのほうが、いった。

「だから、もう、三十年も、四十年も、やってるんだよ」

と、マスター。

「誰か、そのなかの一人に、紹介して頂けませんか？」

「あんたが、行商をやるんですか？」

「いえ。会って、話を聞きたいんです。仕事のことなんか」

「新聞か、雑誌の人なの？」

と、マスターが、きいた。季見子は、どう返事したらいいか、迷ったが、

「ええ。まあ」

と、あいまいな返事をした。

「誰か知っているかい？」

と、マスターが、奥さんに、きく。

「タキさんなら、知ってますよ」

「その人に、会ってみますか？」

と、マスターが、季見子を見た。

「ええ。ぜひ、会わせてください」

「電話してみましょう」

と、奥さんは、気軽くいって、タキさんという人に、連絡をとってくれた。

それから、一時間ほどして、タキさんが、店にやって来てくれた。

七十歳だという、柴田《しばた》タキさんは、小柄だが、元気のいいお婆さんだった。

昭和三十年頃から行商の仕事をやっていて、今でも、札幌の近くまで、列車に乗って、売りに行くという。

季見子は、タキのために、ケーキと、紅茶を注文してから、父の写真を、見せた。

「この人が、あなたか、あなたのお仲間に、会いに来たと思うんですけど、心当たりはありません？」

と、きくと、タキは、眼鏡を取り出して、ゆっくりと、写真を見た。

「来ましたか？」

季見子は、せっかちに、きいた。

「この人、東京の人かね？」

「ええ。東京から、あなた方に、会いに来たはずなんですけど」

「それなら、定子《さだこ》さんに会いに来た人だ」

と、タキは、いった。

「その定子さんという人も、あなたと同じ行商の仲間ですか？」

「そうだよ。あたしとは、もう三十年も一緒にやってるよ」

「定子さんには、どこへ行けば、会えますか？」

「あたしが、案内してあげるよ」

「お願いします」

「このケーキを食べてからでいいかね？」

タキは、呑気《のんき》に、いった。

タキは、ゆっくりと、ケーキを食べ、紅茶を飲み終わると、よっこらしょと、腰を上げた。

「この近くなんですか？」

と、季見子は、相手に、きいた。

「歩いて、すぐだよ」

と、タキは、いった。

七十歳でも、タキの足は、しっかりしたものだった。毎日、重い荷物をかついで、行商しているからだろう。

彼女は、すぐ近くだといったが、実際には十五、六分も、歩かされた。

長屋風の家が、並ぶ地区に来て、その一軒の前で、タキが、立ち止まった。

「定子さんは、ここに、一人で、住んでるんだよ」

と、タキは、その家を、指さした。

平屋建ての小さな家だが、玄関の横には、植木鉢が、きちんと並び、花が、咲いていた。

（ここに、父は、来たのだろうか？）

と、季見子は、思いながら、「伊藤《いとう》」と書かれた表札を見やった。

「伊藤定子さんと、いうんですか？」

「そうだよ。一昨日《おととい》から、会ってないんだ。あたしが、用があって、長万部の親戚のところへ行ってたもんだからね」

と、タキは、いいながら、玄関を開け、中に向かって、

「定子さん。いるかい？」

と、大声で、呼んだ。

季見子も、タキの後ろから、家の中を、覗《のぞ》きこんだ。

返事はない。

「変だね。まさか、病気で寝てるんじゃないと思うけどねえ」

タキは、そんなことを呟《つぶや》きながら、もう一度、

「定子さん！　お客さんだよ」

と、呼んだ。

「留守《るす》なんでしょうか？」

「開けっ放しで、不用心だよ。きっと、近所に、買物に行ってるんだと思うけどね」

「私は、ここで、待っていますわ」

と季見子は、いった。

「外で？」

「ええ」

「それなら、中に入って待ってなさいよ」

「いいんですか？　留守に、上がったりして」

驚いて、季見子が、きくと、タキは、先に玄関を入りながら、

「三十年のつき合いだからね。定子さんだって、あたしの留守に、勝手に上がってるよ」

と、いった。

六畳と、四畳半の二間だけの家だった。

先に、座敷に上がって行ったタキが、突然、

「わあっ」

と、悲鳴をあげて、その場に、すわりこんでしまった。

小柄な老婆の身体が、かもいから、ぶら下がっていたのだ。

季見子も、真っ青な顔になりながら、必死に、ぶら下がっている老婆を、見つめた。

黒い紐《ひも》で、首を吊《つ》っているのだ。

「定子さん？」

と、タキにきいたつもりなのだが、声が出ない。

驚きと、恐怖で、季見子の身体は、小刻《こきざ》みにふるえている。

タキは、畳の上にうずくまって、眼を閉じ、口の中で、何か呟いていた。念仏でも、唱《とな》えているのだろうか。

季見子は、がくがくする足で、家の外に出ると、近くにいた人たちに向かって、

「助けて！」

と、叫んだ。

何事だという顔で、寄ってくる人たちに、

「警察を呼んでください！」

と、甲高《かんだか》く、いった。

五、六分して、パトカーが、やって来た。

警官二人が、降りて来て、家の中を見たが、あわてて、車の無線電話で、事件を、連絡した。

パトカー二台と、鑑識の車が、駆けつけた。

堀井《ほりい》という刑事が、ぶら下がっている死体を見てから、季見子に向かって、

「あなたが、発見者ですか？」

「私と、この人です」

と、季見子は、まだ、へたりこんでいるタキを、指さした。

「仏さんは、あなたの知り合いですか？」

「いえ。このお婆さんが、よく知ってるんですわ」

「じゃあ、あなたと、仏さんの関係は？」

と、堀井刑事は、厳しい眼で、季見子を見た。

鑑識は、ぱちぱちと、現場写真を撮《と》りまくってから、やっと、老婆の死体を、畳の上に下ろした。

そんな光景を、季見子は、見やりながら、

「別に、関係は、ありませんわ」

「関係がないのに、なぜ、ここにいるんですか?」

咎《とが》める感じで、堀井が、きいた。

「観光に来て、行商の人が珍しいんで、会いに来たんです。そうしたら、こんなことになっていて」

と、季見子は、いった。父のことは、警察には、今は、いいたくなかった。

「そうですか?」

と、堀井は、タキに、きいた。

タキは、呆然《ぼうぜん》とした顔で、横たえられた死体を見ていたが、

「定子さんですよ」

と、堀井に、いった。

「この家の主の伊藤定子さんということですね?」

「ええ。そうですよ」

「どうして、こんなことになったか、わかりますか?」

タキは、やっと、生気を取り戻し、畳の上に、すわり直してから、

「どうして、こうなったか、あたしにだって、わかりませんよ」

と、刑事に、いった。

「自殺するような様子は、なかったんですか？」

「そんな様子なんか、ありませんでしたね」

「しかし、一人で、ここに住んでいたんでしょう？」

「ええ」

「子供は、いなかったんですか？」

「息子さんが、結婚して、旭川《あさひかわ》にいると聞いていますけどね」

「一人暮らしで、寂しくて、発作的に、自殺したということは、考えられませんか？」

と、堀井が、きいている。

季見子は、刑事が、この事件を、自殺と決めこんでいるような気がして、仕方がなかった。

「あたしには、わかりませんよ」

と、タキは、いった。

「あなたは、どうですか？」

堀井刑事は、じろりと、季見子を見た。

「私は、今もいったように、行商の話を聞きたくて、この人に、案内してもらって、ここへ来たんですわ。死んでるなんて、思ってもみませんでした。第一、ここへ来たのは、今日が初めてなんです」

「どこから来たんです?」

「東京からです。名前は、佐々木季見子です。観光に来たんです」

と、季見子は、いった。

「そうですか?」

と、堀井は、タキを見た。

「ええ、この人は、関係ありませんよ。東京から来た人で、あたしが、定子さんを紹介しようと思って、ここへ、お連れしたんですよ」

と、タキは、いってくれた。

タキが、父のことを口にしなかったことに、季見子は、ほっとした。それでも、季見子は、タキと一緒に、小樽警察署に連れて行かれ、調書を取られた。警察を出たのは、もう、夕方になっていた。

「どうして、定子さんは、あんな死に方をしたんでしょうか?」

と、季見子は、タキに、きいてみた。

「さあねえ、わかんないねえ。やっぱり、一人で、寂しかったのかねえ」

「でも、旭川には、息子さん夫婦が、いらっしゃるんでしょう?」

「そうだけど、息子の嫁とは、あんまり、上手《うま》くいってなかったようだからね」

「私の父は、本当に、定子さんに、会ったんでしょうか?」

「と、思うよ。あたしが、あの家の前まで案内してあげたんだから。あたしは家には上がらずに、引き返したけどねえ。だから、会ったはずだよ」

と、タキが、いった。

過去へ

その日、季見子は、小樽市内のホテルに泊まることにした。

坂の多い小樽の町の高台にあるホテルで、窓を開けると、市内の灯りがきらめき、その向こうに、暗い海が、広がって見えた。

夕食をすませたあと、事件の経過を知りたくて、部屋のテレビをつけてみた。

午後七時のニュースだった。

〈七十歳の行商人死ぬ
がんがん部隊の伊藤定子さん〉

という、テロップが出た。

彼女の顔写真が、画面に現われる。まだ、若々しい顔だから、十年か、あるいはもっと前の写真かもしれない。

アナウンサーが、事件の経過を説明する。

行商の柴田タキさんが、観光客の佐々木季見子さん（二十五歳）の頼みで、仲間の伊藤定子さんを訪ねたところ、定子さんが、かもいから、帯紐で、首を吊っているのを見つけ、警察に届けた。

佐々木季見子さんが、小樽の行商の人たち、通称、がんがん部隊の話を聞きたいというので、タキさんが、この仕事にくわしい定子さんに、紹介することにしたのである。

小樽警察署で調べたところ、外傷はなく、孤独感から、自殺したのではないかと見られるが、他殺の可能性も否定できず、その面からの捜査も、進めている。

がんがん部隊は、最盛時には、二百人近い人数だったが、今は、三分の一に減っており、死んだ伊藤定子さんは、三十年以上、行商を続けているベテランだった。

それだけで、ニュースは、別のものに、変わってしまった。

季見子は、自分の名前が出たことに、戸惑いながら、これから、どうしたらいいだろうかと、考えこんだ。

伊藤定子という行商の人に会えば、何か、父の消息が聞けると思ったのに、その伊藤定子は、死んでしまった。

（あれは、本当に、自殺なのだろうか？）

と、季見子は、考える。

誰かが、季見子の邪魔をしようとして、殺したのではないのか？

九時のニュースになると、小樽署は、自殺と断定してしまった。

その理由を、二つ、あげていた。

最近、痛風で、足が痛み、行商に行くのが辛《つら》いと、嘆いていたこと。

息子夫婦との仲が、必ずしもうまくいっていないということで、八年前に亡くなった夫のもとに、早く行きたいと、洩《も》らしていたこと。

この二つの理由だった。

いかにも、もっともらしい理由である。

息子夫婦と別れて、一人で生活していたことも事実のようである。だからといって、本当に自殺なのだろうか。

次の日、朝食を、一階の食堂でとりながら、季見子が、新聞を見ると、新聞の記事も、「自殺」と、なっていた。

正直にいって、季見子にとっては、伊藤定子の死が、自殺でも、他殺でも、どちらでもいいことだった。定子の死で、父の消息がつかめなくなるのが、困るのだ。

季見子は、もう一日、泊まることにして、昼近くなると、ホテルを出て、昨日の喫茶店に、出かけて行った。

モーニングサービスの札が、出ていた。店の中は、がらんとしている。

季見子は、「昨日は、ありがとうございました」と、マスター夫婦に、礼をいってから、カウンターに腰を下ろし、ミルクと、トーストを、注文した。

「昨日は、大変でしたねえ」

と、マスターが、季見子に向かって、いった。

「びっくりなさったでしょう?」

マスターの奥さんが、いう。

「本当に、びっくりしましたわ。マスターは、あのお婆さんのことを、よく知っているんですか?」

「いや、私らは、よく知らんのですよ。知っているのは、タキさんです」

「昨日、私を、連れて行ってくださった方ですね?」

「そう、あの婆さんは、仲が良かったみたいですよ」

と、マスターは、いった。

季見子は、一人で、柴田タキを訪ねる気で、マスターに、彼女の家をきいた。

タキは、定子と違って、息子夫婦、それに彼らの子供たちと一緒に、住んでいるのだということだった。

季見子は、タキの好物をきき、近くの果物屋で、西瓜《すいか》を買い、それを持って、彼女の家を訪ねた。

タキは、家の庭で、二人の孫と遊んでいた。季見子の顔を見ると、顔を曇らせて、

「昨日は、大変だったたねえ」

と、いった。

「タキさんは、あの人と、仲が良かったんでしょう？」

「そうだよ。行商仲間では、あたしと、定子さんが、古手だからね。いつも一緒に、商売してたね」

「痛風だったというのは、本当なんですか？」

と、季見子が、きいた。

タキは、二人の孫を、家の中に、追いやってから、

「足が痛いっていってたけど、そのくらいで、弱音を吐くような人じゃなかったはずなんだがねえ」

と、首をかしげた。

「じゃあ、タキさんは、自殺するはずがないと、思っているんですか？」

と、季見子は、きいた。

「あたしには、わからないよ。警察は、自殺だって、いってるからねえ」

と、タキは、いった。

「私の父が、会いに行った時は、どうだったんでしょうか？　楽しく、話し相手になって

くれたんでしょうか？」

季見子が、きいた。父と、あの伊藤定子が、何を話したのか、知りたいのだ。

「あたしは、案内しただけで、すぐ、帰ってしまったからねえ。あの男の人は、あたしがいると、困るみたいな顔をしていたからね」

と、タキは、いう。

「そうですか――」

季見子は、がっかりした。

タキは、それを、気の毒だと思ったのか、

「今日の夕方、定子さんのところへ、あたしたちが、何人か集まるんだよ。定子さんの遺体の前で、みんなで、酒でも飲んで、昔話でもしようと思ってね。あんたも、来たらどうだね」

「いいんですか？　親しい方だけで、集まるんじゃないんですか？」

「まあ、そうだけどね。定子さんの息子夫婦にも、断わって、やるつもりだけど、あんたとは、女同士だし、あんたのお父さんのことで、定子さんから、何か聞いてる人がいるかもしれないからね」

と、タキは、いってくれた。

季見子は、それに、甘えることにした。いったん、ホテルに戻り、陽《ひ》が落ちてから、日本酒を買い、それを持って、定子の家へ、出かけて行った。

六畳の部屋に、柩《ひつぎ》が置かれ、その前に、十二、三人の行商のお婆さんたちが、もう、集まっていた。

全員が、六十歳から七十歳くらいの年齢で、陽焼けして逞《たくま》しい顔つきをしている。

もう、酔っ払っている人もいた。

タキに紹介してもらった季見子は、一升びん二本を、土産《みやげ》にして、差し出した。

「あんたも、一緒に、飲みなさい」

と、一人が、命令するように、季見子に、いった。

季見子は、酒に強いほうではないが、差し出されるままに、コップを受け取り、注《つ》がれた冷や酒を、飲んだ。

「この人のお父さんが、この間、亡くなった定子さんに、会いに来たんだよ。誰か、そのことを、定子さんに、聞いてないかね？」

と、タキが、みんなの顔を見まわした。

「その人のお父さんて、昔、刑事さんだったたんじゃないのかね？」

と、一人が、きいた。

「二十年前まで、刑事をやってました」

と、季見子は、そのお婆さんに、答えた。

「それなら、定子さんから、聞いたことがあるよ」

「どんなことでした？」

「なんでも、二十年前のことを、あれこれ、きかれたって、いってたよ」

二十年前という数字は、季見子にとって、というより、失踪した父にとって、特別な意味を持っていた。

父は、二十年前に、突然、警察を辞めている。

季見子は、そのことについて、父に質問したこともなかったし、父が、話したこともなかった。

季見子は、かなり大きくなるまで、父が、かつて、警察で働いていたことすら、知らなかったくらいである。今から考えると、父や、母の間で、その話題は、タブーであったのかもしれない。

だが、二十年たった今、突然、父と警察のことが、よみがえって来た感じなのだ。

急に、警視庁捜査一課の十津川警部から、電話が入って来るし、若い刑事が、季見子の周辺に、うろつくようになった。そのうえ、父は、小樽に、二十年前の話を、ききに来たという。

「父は、二十年前の何を、定子さんに、ききに来たんでしょう？」

と、季見子は、相手に、きいた。

「それがねえ、いろいろと、きかれたというだけで、定子さんは、具体的にいわなかったねえ。あたしも、別に、興味はなかったから、それ以上、きかなかったんだよ」

「二十年前も、定子さんは、行商なさっていたんですね?」

「ああ、もちろんさ。あたしだって、この仕事を始めて、もう、二十五年だものね」

「二十年前、この小樽で、何か、事件があったんでしょうか?」

と、季見子は、きいた。

行商のお婆さんたちは、がやがやと、話し合っていたが、タキが、代表する恰好《かっこう》で、

「ふた昔も前のことだからねえ。何か事件といわれても、わからないねえ」

と、いった。

確かに、そうかもしれない。自分に関係がなければ、一カ月前のことでも、人間は、覚えていないものだ。

だが、父が、伊藤定子に、二十年前のことを、きいたということは、彼女が、何らかの意味で、その事件に、関係していたのではあるまいか。

「定子さんが、二十年前に、何か、大きな事件に巻きこまれたということは、なかったのかしら?」

と、季見子は、きいた。

「そんなこと、なかったよ」

「定子さんは、真面目《まじめ》だものね」

「一度だって、警察の厄介になったことはないんだよ」

そんな言葉が、彼女たちの口から、いっせいに飛び出した。

どうやら、季見子は、彼女たちの自尊心を傷つけるような質問をしてしまったらしい。

いや、傷つけたと、彼女たちに、誤解されてしまったらしい。

季見子は、他にも、いろいろと、ききたいことがあったのだが、気まずい空気に、押し出されるように、外へ出た。

もし、伊藤定子が、自殺ではなくて、誰かに殺されたのだとしたら、その原因は、父が、彼女を訪ねたせいかもしれない。季見子は、そんな気がした。

季見子は、ホテルへ戻ると、ここから、どうしたものかと、考えた。

念のために、自宅へ電話をかけてみた。ひょっとして、父が、帰っているかもしれないと、思ったからである。

しかし、空《むな》しく、呼び出しのベルが、鳴るだけだった。

（父は、伊藤定子に、何をききに来たのだろうか？）

それがわかれば、少しは、父の失踪の理由に、近づけるかもしれない。

翌日、季見子は、ホテルで朝食をすませると、市の図書館に、行ってみることにした。

二十年前の新聞を読んでみたかったからである。

縮刷版はないといわれ、綴《と》じ込みの新聞を見せてもらうことにした。

「小樽日報」という地元の新聞である。

二十年前といっても、その何月何日ということがわからないので、父が、警察を辞めた年、昭和四十二年の一年間の新聞を、一月分から、眼を通していくことにした。

まだ、受験の季節に遠いのと、夏休みになっていないせいで、図書館の中は、がらんとしている。

季見子は、古い新聞のページを繰っていて、すぐ、疲れてしまった。

何を探したらいいのか、それが、わからないからである。

大量殺人とか、何億円もの銀行強盗といった派手な事件なのか、それとも、逆に、交通事故のような小さな事件なのかも、わからないのである。

疲れたので、同じ階に設けられている休憩室で、ソファに腰を下ろした時、季見子は、サングラスをかけた男が、自分を見ているのに、気がついた。

眼が合ったとたん、相手は、視線をそらせてしまったが、図書館で、サングラスをかけているというのが、異様だった。

年齢は、三十五、六歳だろう。

季見子の見たことのない男だった。

（私を、見張っているのだろうか？）

と、考えたが、面と向かって、きくわけにもいかなかった。たとえ、そうであっても、相手は否定するだろう。

季見子は、その男を、気にしながら、また、新聞に、眼を通すことにした。

小樽は、東京のように、凶悪事件が、頻発《ひんぱつ》してはいないようだった。が、それでも、三面には、さまざまな事件が、ニュースとして、載っていた。

（このなかのどれだろう？）

父は、昔、刑事だった。

そこに、カギがありそうである。一般の人間なら、大きな事件に、関心を持つのが、自然である。

小さな傷害事件より、五人も、六人も殺すような連続殺人に、関心を持つのが、一般の人間だろう。

だが、刑事は、違うはずだと、季見子は、考えた。

どんな大きな事件でも、犯人が検挙され、解決していれば、もう、関心はなくなるだろう。

関心があるのは、未解決の事件ではあるまいか？

小樽駅を舞台にした、五千万円の強奪事件というのが、二十年前に、起きていた。

もちろん、まだ、国鉄時代で、列車で運ばれた五千万円の現金が、駅員を装った男二人に、白昼、強奪された事件である。

大事件として、扱われている。

それが、一カ月後になると、「迷宮入りか?」と、書かれていた。

どうやら、この事件は、犯人が、挙《あ》がらないままに、時効になってしまったようである。

(この事件だろうか?)

しかし、父は、東京の警視庁の刑事だった。北海道の小樽の事件には、介入できないはずである。犯人が、東京の人間なら、別だろうが、それらしいことも、新聞には、出ていなかった。犯人が、まったく不明のまま、時効になってしまっている。

東京からやってきた観光客が、ホテルで殺されたという記事もあった。

殺されたのは、一人で旅行していたOLである。胸を刺されての、出血死だが、室内が荒らされていたことから、物盗《ものと》りに入った犯人が、居直って、彼女を殺したのだろうと、警察は、判断したと、書いてある。

ホテル荒らしの常習者一人を、二日後に、逮捕したが、証拠がなく、釈放してしまった。

この事件も、結局、未解決のまま、二十年たってしまっているらしい。

だが、この事件も、地元の警察が捜査していて、東京の警視庁とは、関係はないということになる。

運河に、身元不明の女の溺死体が、浮かんでいたという事件もある。

年齢は二十代と思われる若い女で、運河に浮かんでいるのが、発見された。後頭部を、強打された痕《あと》があり、警察は、殺人事件とみて、捜査を始めているのだが、結局、身元さえわからないままに、迷宮入りしてしまっていた。

（これだろうか？）

しかし、この事件も、地元の警察の担当した事件で、東京の警察は、関係ないのではないだろうか？

（わからないわ）

季見子は、疲れ切って、眼を閉じると、考えこんでしまった。

結局、季見子は、新聞に載っていた事件をいくつか、メモしただけで、その日は、ホテルに、帰ることにした。

一番困るのは、検証する方法がないことだった。

父に連絡がとれるか、父が、定子という行商の人に、何をきいたかがわかれば、どの事件か、見当がつくのだが、今は、そのどちらも、不可能である。

父は、相変わらず行方不明だし、問題の行商のお婆さんは、死んでしまった。

季見子は、ルームサービスで、夕食をとりながら、自分のメモしてきた字を、眼で、追った。

市役所の課長が、デパートの屋上から飛び降りた事件。理由がわからない。

後頭部を強打され、運河に浮かんでいた身元不明の二十代女性。

東京から来た若いカップルが、小樽で行方不明に。

小樽の漁船が原因不明の沈没。

これらの事件のなかに、父の追いかけていたものが、あるかどうか?

それに、季見子は、二十年前の一年間だけを、新聞で、追ってみたのだが、そのあとで、解決してしまっているかもしれないのだ。

(もう一度、明日、図書館へ行って、調べてみよう。それから、新聞社にも、直接行って、きいてみよう)

と、季見子は、思った。

もっと大きな事件の記事を、見逃したかもしれない。

夜の十時を過ぎて、ベッドに入ったが、なかなか眠れなかった。

仕方なしに、見たくもないテレビを見ていた時、部屋の電話が鳴った。

「佐々木様に、お電話です」

と、交換手がいう。遅い時間なので、男の声になっていた。

「誰からかしら?」

「向こう様も、佐々木と、おっしゃっています。男の方です。おつなぎしますか？」

「つないでください」

と、季見子は、あわてて、いった。父かもしれないと、思ったのだ。

「季見子か？」

と、男の声が、いった。

ひどく遠いところから聞こえてくる感じだった。

「お父さん？」

「ああ。すぐ、東京に帰りなさい」

「東京へ？」

「そうだ。何もいわずに、すぐ、東京へ帰りなさい。一刻も早く、東京へ帰るんだ」

「今、どこにいるの？」

「私のことは、どうでもいい。お前のことが、心配なんだよ。一刻も早く、東京へ帰りなさい」

「お父さん。すぐ会って、話を――」

と、いいかけた時、電話は、切れてしまった。

季見子の顔が、青かった。

しばらくは、呆然としていたといってもよかった。

思いがけない電話だった。

季見子は、気を取り直すと、交換に、電話をかけた。

「佐々木ですけど、今の電話、どこからかかったのか、わかりますか?」

「さあ。たぶん、道内からだと思いますが、どこからかは、わかりません。何か、おかしなことでも、ありましたか?」

「いいえ。どうも、ありがとう」

と、季見子は、いった。

電話を受けている時は、父からだと思いこんで、話していたのだが、冷静になって、考えてみると、父かどうか、わからなくなってきた。

声が、父に似ているのは、確かだった。

だが、もし、本当の父なら、なぜ、すぐ、このホテルに、会いに来ないのだろうか?

遠くにいるので、すぐ、会いに来られないとしても、それなら、いつの何時までに、小樽へ行くから、待っていなさいと、父なら、いうのではないのか。

それなのに、ただ、東京へ帰れというだけだった。季見子が、心配していることは、わかっているはずなのにである。

それとも、父は、どこかに、監禁されていて、娘に、早く帰京するようにいえと、脅迫されていたのだろうか?

無理に、いわされていたと考えれば、ああいう電話でも、納得がいくのだ。季見子の質問には、答えてはいけないと、いわれていたろうからである。

そうだとすると、父のことが、改めて、心配になって来た。

季見子が、東京に帰らずに、小樽に居続けたら、父は、危険かもしれない。

季見子は、今の電話のことを、思い出してみた。

今になれば、もっと、冷静に、本物の父かどうか、考えながら、話をすれば、よかったと思うが、電話をしている時は、そんな冷静さには、程遠かった。

（困ったな）

と、季見子は、思った。

あれが、ニセ者だったのなら、明日も、明後日も、小樽にいて、父の足跡を、追えばいいのだが、本当の父で、脅かされているのなら、帰らなければ、父が、危なくなる。

季見子は、窓の外に、眼をやった。

小樽の町の灯りが、眼の下に広がる。その向こうに、暗い海が見える。

（どこにいるの？）

と、季見子は、その暗い海に向かって、問いかけてみた。

父は、まだ、この小樽の町のどこかにいるのだろうか？

それなら、連絡してくれればいいのにと、思った。

その頃、警視庁捜査一課の若い日下刑事は、小樽のホテルから、東京へ、電話をかけていた。

相手は、上司の十津川警部である。

「佐々木季見子は、今日、市立図書館に行きました。約四時間、館内で、過ごしています」

「図書館で、何をしていたんだろう？」

「司書の話では、二十年前の新聞を、一年分借りて、眼を通し、メモしていたそうです」

「二十年前のねえ」

「私は、図書館の外で、待っていたんですが、サングラスをかけた三十代半《なか》ばぐらいの男が、彼女のあとを追《つ》けるようにして、中に入って行きました」

「彼女が、何をするか、監視しているんだろうね。われわれと、同じさ」

「自宅で死んでいた行商人ですが、道警では、自殺として、処理するようです」

「そうか」

「質問してもいいですか？」

「何だね？」

「なぜ、佐々木季見子を、監視する必要があるんですか？　彼女が、危険な存在だとは、

「とうてい、思えませんが」

「別に、危険だから、君を、北海道へやったんじゃない」

「と、いいますと?」

「前にもいったが、彼女が、心配だからだ。東京でのようなことがあると、困るからね」

「しかし、東京での事件の時、あの犯人を、追いかけようとは、なさいませんでしたが」

「その件についての質問は、禁止だ。今は、答えようがないからね」

と、十津川は、いう。日頃の彼からは、考えられないような、あいまいな、いい方だった。

「もう一つ、質問をしていいですか？」

と、日下は、きいた。

「私に、答えられることならいいがね」

「二十年前に、何が、あったんですか？　佐々木季見子の父親も、どうも、二十年前のことをききに、小樽へ来たようですし、娘の季見子も、ここで、二十年前の新聞を調べています。二十年前に、何か、大きな事件が、あったんですか？」

「君は、いくつだったかね？」

と、突然、十津川が、きいた。

日下は、面くらいながら、

「今、二十七歳ですが」

「二十年前なら、君は、七歳だな」

「そうです」

「二十年前に、何か事件があったとしても、君には、関係がない事件だよ。それに、殺人事件でも、すでに、時効だ」

「それは、そうなんですが——」

「そんなことより、佐々木季見子は、いつまで、小樽にいるつもりだろう？　それがわかるかね？」

「ホテルで、聞いた話では、外から、彼女に、電話がかかったそうです。男の声で、佐々木だと、名乗ったというんですが、行方不明の父親ではないですかね」

「それで、季見子は、どんな反応を、見せているんだ？　あわてて、東京に帰る様子かね？」

と、十津川が、きく。

「わかりません。今日は、小樽のホテルに泊まると思いますが、明日、どう動くかは、わかりません」

と、日下は、いった。

「では、君も、引き続き、彼女を、見守っていてくれ」

「今日、図書館で、彼女を監視していた男ですが、捕まえて、なぜ、そんなことをするのか、きいてみましょうか？」

と、日下は、きいた。

「無駄だよ」

「なぜですか？」

「どうせ、何も知らないと、いうに決まっているからだ。逆に、図書館へ行って、どこが悪いと、反撃されるよ」

「警部は、あの男が、何者なのか、知っておられるんじゃありませんか？」

「いや、知らんよ。知っていれば、君に、いうよ」

と、十津川は、いった。

しかし、日下は、十津川が、何か知っているような気がして、仕方がなかった。

今度の件では、十津川の態度は、少し変だと、日下は、思っている。

日頃の歯切れの良さが、まったくないのだ。佐々木季見子を守れと命令されたが、その理由も、あいまいである。

それに、佐々木季見子の父親のことである。

今度のことは、彼の失踪から始まっていると思う。そして、次に、娘の季見子が、狙《ねら》われた。

十津川は、それを予期していたような気がするのだ。だからこそ、日下を、用心のために、あの家に行かせたのだろう。

（いったい、どうなってるんだ？）

と、日下は、思う。

日下は、上司の十津川を、尊敬もしているし、信頼もしている。

だが、今度の件では、どうも、十津川の指示が、よくわからないのだ。北海道で、佐々木季見子を、警護せよといわれたが、ただ、見守って、彼女の行動を報告しろというだけで、なぜ、そうするのか、理由を、教えられていない。きいても、教えてくれないのである。

日下は、若いだけに、いら立ってくる。

日下は、今、季見子と同じホテルに、泊まっている。

彼女の部屋と、同じ階である。

日下は、カーテンを開け、窓の外に、眼をやった。

遠くに、暗い海が見えたが、視線を、近くに持って来た時、ホテルの前の道路が、見え、その反対側の電柱のところに、男が一人、立っていた。

サングラスをかけた男である。市立図書館で見た男だった。

警視庁

午前三時。

東京の警視庁捜査一課の部屋にも、人の姿は、ほとんど消えてしまっている。

ただ、十津川が、一人だけ、回転椅子《いす》に、腰を下ろして、じっと、考えこんでいた。

ドアが開いて、人影が入って来た。ベテランの亀井《かめい》刑事だった。

「コーヒーでもいれましょう」

と、亀井が、いった。

「帰らなかったのかね？　カメさんは」

「帰りそびれたんですよ。私も、コーヒーが飲みたくなりましてね」

と、亀井はいい、部屋の隅に置かれたコーヒーポットのスイッチを入れた。

十津川は、黙って、煙草《たばこ》に火をつけた。

コーヒーの香りが、漂《ただよ》ってくる。

「日下君から、連絡がありましたか？」

と、亀井は、コーヒーを注ぎながら、十津川に、きいた。

「ああ、あったよ。佐々木さんの娘が、小樽で、二十年前の事件について、古い新聞を調べているらしい」

「やっぱり、そうなりましたか」

亀井は、コーヒーカップを、十津川の前に置いた。

「まだ、二十年前のどの事件かは、わからないようだがね」

「もし、気がついて、自分で調べ始めたら、どうなりますか？」

「危ないな。今でも、危険な状態にあるような気がしているんだよ」

と、十津川は、小さな溜息《ためいき》をついた。

亀井は、粉ミルクのびんを取り出して、十津川の前に置いてから、

「父親の行方を追わせなければ、安全ですか？」

「たぶんね。しかし、それは、無理だろうね。彼女のほうは、母親が亡くなって、父親と二人だけだ。その父親が、行方不明になってしまったんだからね。必死になって、探そうとするのは、当然だよ。それを、止めるのは、酷《こく》だと思う。といって、このまま、探させていると、彼女が、危険になるのは、眼に見えているんだ」

「このまま、黙って、見守っていますか？」

と、亀井は、きいた。

十津川の顔に、苦渋の色が走った。

「何とか、穏便にすませたいと思って、日下君に、彼女を守るように、いってあるんだがね」

「部長や、課長は、知っているんですか？」

「知っている。私の一存だけで、日下君を、北海道に、やれないからね」

「部長たちも、何とか、穏便にと、思っているんですか？」

「もちろんだ」

と、うなずいてから、十津川は、

「部長にしても、二十年もたって、眠っていたあの事件が、生き返ってくるとは、思っていなかったろうからね」

「警部も、あの事件が起きた時、まだ、警察に入っていらっしゃらなかったんじゃありませんか？」

と、亀井が、きいた。

「ああ、そうなんだ。私が入った時は、もう終わっていた」

と、十津川は、いった。

「それが、本当は、終わっていなかったということになるわけですかね」

「カメさんは、もう、警視庁にいたんだろう？」

「私が入る一年前の事件です。ですから、あの事件は、担当していません。佐々木さんが、あの事件に、関係されていたんです」

「佐々木さんは、中堅の刑事として、張り切って、動いたらしいね」

「そうなんです。前に一度、佐々木さんの書いた捜査ノートを見せてもらったことがありますが、彼が、いかに、あの事件に、のめりこんでいたか、よくわかります」

「そのノートなら、私も、警視庁へ入って、すぐ、見せてもらったよ。確かに、カメさんのいう通り、情熱を感じさせるノートだったね」

「あのノートは、昨日、資料室に行ってみたんですが、ありませんでした。日時がたったので、処分したといっていましたが――」

「二十年たっているからねえ」

「それだけで、処分したんでしょうかね?」

「おい、おい、カメさんまで、あの事件を、もう一度、むし返そうと、思っているのかね?」

十津川は、冗談めかしていったが、その顔は、笑っていなかった。

「私には、その気はありませんが、佐々木さんが、動き出し、その娘さんが、狙われたりすると、嫌でも、よみがえってしまうんじゃありませんか?」

と、亀井は、いった。

十津川は、しばらく、黙っていたが、

「その時の覚悟をしておかなければ、ならないかね？」

と、亀井を、見た。

「まだ、マスコミは、取り上げていませんが、佐々木さんのことや、娘さんのことが、ニュースになってくると、嫌でも、われわれは、あの事件と、つき合わなければならなくなるかもしれません」

亀井は、いつになく、かたい口調になって、いった。

「上のほうは、もう、終わった事件だと、主張するだろうし、それを、押し通そうとするに、決まっている」

と、十津川は、いった。

「問題は、それに同調するか、もう一度、あの事件を、見直すかということになりますね」

「カメさんは、どちらを取る気なんだ？」

と、十津川は、きいた。

「私は、警部の考えに、従いますよ。警部なら、間違いのない選択をされると、思うからです」

「私に、ゲタを、預けるのかい？」

と、十津川は、きいた。

亀井は、うなずいた。

「一介の刑事の私には、判断がつきかねますので」

「私だって、一介の刑事だよ」

と、十津川は、いった。

「あの事件を担当した小坂井《こさかい》さんに、退職後に、会われたことがありますか？」

「亡くなる少し前に、会ったよ」

「それで、事件のことは、きかれたんですか？」

「小坂井さんのほうが、私を病室に呼んで、話してくれたんだ。恐らく、あの事件のことを、誰かに、知っておいてもらいたかったんだろうね」

「なるほど」

「小坂井さんは、自分の命が長くないことを、知っていたんだと思う」

「小坂井さんは、本当のことを、警部に話されたんですかね？」

「さあ、それは、わからない。小坂井さんは、あの事件を担当して、捜査に当たっていたが、途中で、降ろされている」

「ええ。覚えています。警視庁としての捜査方針に従わずに、独自の捜査を進めようとしたので、降ろされたんでしたね」

「その時が、今の私と同じ四十歳だったそうだよ。その後、十年ほどして、小坂井さんは、警察を、辞めている」

「佐々木さんも、同じケースでしたね」

「彼は、小坂井さんと、同じ考えを、事件に対して、持っていたからね。佐々木さんは、捜査から降ろされると、すぐ、辞めてしまった」

「小坂井さんは、あの事件が、まだ、解決していないと、思っていたんでしょうね？」

「そうだよ」

「しかし、亡くなるまで、自分の考えが、正しかったと、思っていらっしゃったんですか？」

「いや。正しかったと、信じたがっていた、といったほうが、正確なんだろうね。調べ直そうと、何度も、思ったそうだが、その度に、圧力がかかったそうだよ」

「あの性格だと、やり切れなかったでしょうね」

「警察上層部に、対しては、憤懣《ふんまん》やる方なかったんじゃ、ないかな。あの態度が、同僚や、上司に、反感を持たれたんだろうね」

「佐々木さんも、似ていたみたいですね」

と、亀井は、いった。

「二人とも、どちらかというと、昔気質《かたぎ》の刑事の典型みたいな人間だからね。自分を頼むところも、大きかったんだと思うし、また、融通のきかなさが、反感を買ったんだとも、思うね」

と、十津川は、いった。

「ただ、最後は、弱気な一面も、見せてね。そのことが、私の中に、ずっと、残っているんだよ」

「これから、どうされるつもりですか?」

亀井が、一番大事な質問をした。一番大事で、また、一番、答えにくい質問でもある。

「カメさんは、どうしたらいいと思うね?」

十津川は、逆に、きいた。

亀井は、首を横に振って、

「私には、わかりません。今もいったように、私は、警部の考えに、従います」

「それは、有難いんだが――」

「佐々木さんは、今、どうなっているんですか? 娘さんが、北海道の小樽まで行って、一生懸命に、探しているようですが」

と、亀井が、きいた。

「私には、わからないんだ」

「しかし、上のほうは、わかっているんじゃありませんか? 三上《みかみ》刑事部長あたりは」

と、亀井は、なおも、きいた。

十津川は、すぐには、答えずに、煙草をくわえ、火をつけてから、自分の吐き出した煙を眼で追っていた。

「部長が、佐々木さんの行方を、本当は知っているかどうかは、私にも、わからない。だが、だいたいの見当は、ついているんじゃないかとは、思っているよ。だからこそ、娘さんに、安心するように、心配して、動きまわらないように伝えろと、私に、いったんだと思っているんだ」

と、十津川は、いった。

「佐々木さんが、殺されることはないと、警部は、お考えですか？」

「そうだねえ」

と、十津川は、また、考えこんだ。

「わかりませんか？」

「今もいったように、佐々木さんが、どこで、どうしているのか、私には、わからないんだ。何者かが、佐々木さんを、監禁しているのかもしれないし、どこかで、まだ、何かを、調べているのかもしれない。ただ、どちらにしろ、佐々木さんが、殺されたとなれば、二十年前の事件が、また問題化するかもしれない。そうはしたくないだろうから、佐々木さんは、無事だと、思ってるんだがねえ」

と、十津川は、いった。

「うちの上層部は、やはり、そう思っているわけですね?」

「下手《へた》をすると、警察の恥になるようなことが、出てくるかもしれないからね」

と、十津川は、いった。

そのあと、二人の間に、沈黙が、あった。十津川にしろ、亀井にしろ、警察という組織の一員である。そのことが、二人の口を、重くするのだ。

夜が明けてきた。

「もう一杯、コーヒーがほしいね」

と、十津川が、亀井に向かって、いった時、ふいに、電話が鳴った。

午前六時近い。

(午前五時五十二分)

と、十津川は、習慣で、その時刻を、頭に刻みつけてから、受話器をつかんだ。

「警視庁捜査一課」

と、十津川は、いった。

「こちらは、井《い》の頭《かしら》公園近くの派出所ですが、今、ご自宅に電話したところ、奥さまから、十津川警部は、そちらだと、伺ったものですから」

中年の男のかたい声が、聞こえた。

「私が、十津川だが、どんな用だね？」

と、きいた。

「早朝のジョギングをしていた、この近くの老人が、公園の中で、男の死体を発見して、こちらの派出所に届けて来ました。その死体が、手でつかんでいた紙に、十津川警部のご自宅の電話番号が書いてありましたので、ご自宅に、連絡したんですが――」

と、派出所の警官は、相変わらず、かたい声で、いった。

「その死体の身元は？」

「わかりません」

「男の死体だと、いったね？」

「はい」

「年齢は、いくつぐらいだ？」

「六十歳代だと思います。小柄な老人です」

「殺されたのかね？　それとも、病死かね？」

「後頭部を強打されたと思われますが、はっきりとしません。倒れた時、自分で、何かの角に、ぶつけたのかもしれません」

「これから、そちらへ行く」

と、十津川は、いった。

「佐々木さんですか？」

亀井が緊張した顔で、十津川を見た。

「その可能性があるね。違っていてほしいんだが」

と、十津川は、いった。

二人は、警視庁の中庭に停《と》めてある覆面《ふくめん》パトカーで、井の頭公園に向かった。

車の中でも、十津川は、黙っていたし、亀井も、口を閉ざして、運転を続けた。

井の頭公園の派出所の前で、亀井が、パトカーを、止めた。
三十七、八歳の警官が、飛んで出て来て、十津川たちを迎えた。
彼が、二人を、案内した。

池の近くの草むらの上に、死体は、横たえられていた。

若い警官が、その死体を、ガードしている。

早い時間のせいで、まだ、公園の中は、ひっそりと、静かだった。

十津川は、ひと目見ただけで、暗い眼になって、亀井と、顔を見合わせた。

「佐々木さんですね」

と、亀井が、小声で、いった。

「そうだな」

と、十津川も、うなずいた。

「これから、どうなるんですか？」

「わからないよ」

と、十津川は、重い口調で、いった。

「しかし、これは、殺人事件ですから、捜査はしなければなりませんよ」

「ああ、その通りだがね。問題は、二十年前の事件との関連で調べるかどうかだ。それを無視するかどうかで、まったく、変わってしまうからね」

「警部は、どうされるおつもりですか？」

と、亀井が、きいた。

「私には、このメモが、重く感じられるんだよ」

十津川は、派出所の警官から渡されたメモを、亀井に、見せた。

手帳のページを、引きちぎったものへ、ボールペンで、十津川の家の電話番号が、書きつけてある。

その紙が、しわになっているのは、死んだ佐々木が、かたく、握りしめていたからだろう。

「佐々木さんは、警部に電話しようとしていたのかもしれませんね」

と、亀井が、いう。

「私の家の電話番号は、電話帳に出ているからね。たぶん、調べて、かけようとしていたんだろうね。また、私に、連絡しようとしたから、殺されたのかもしれない」

十津川は、じっと、公園内の林を見つめて、いった。

パトカーが、一台、二台と、駆けつけて来た。鑑識もやって来た。

一つの殺人事件として、捜査が、始められたのだ。

死体は、解剖《かいぼう》のために、大学病院へ運ばれて行った。

捜査本部が設けられ、十津川が、この事件を、担当することになった。

三上刑事部長が、すぐ、やって来た。被害者が、佐々木と、わかったからだろう。

三上は、十津川を、捜査本部の外に、連れ出した。

「被害者の佐々木は、手に、君の家の電話番号を書いた紙を、持っていたようだね？」

と、三上が、きいた。

十津川には、三上が、なぜ、そんなことをきくのか、もちろん、よくわかっていた。

「その通りです。派出所の警官が、私に、渡してくれました」

「なぜ、佐々木は、そんなものを、持っていたと思うね？」

「わかりません」

「君が、わからないならいい。それから、この事件は、あまり難しく考えないほうが、いいと思うね。被害者は、金を持っていたのかね？」

「いいえ、財布も、運転免許証もありませんでした。その他、名刺や、キーといったものもです」

「それなら、これは、単なる物盗《ものと》りの犯行だよ。その線で、捜査したほうがいいね」

と、三上は、いった。

もちろん、三上が、本気で、そう思っているはずがなかった。

三上は、佐々木が、突然、二十年前の事件を、調べ始めたこと、そのために、小樽へ行ったことも、知っている。それでも、これが、物盗りの犯行だろうというのは、そうあってほしいということなのだろう。

三上が、念を押して、帰ったあと、十津川は、溜息まじりに、亀井に、

「参ったね」

と、いった。

「部長は、事実に、眼をつぶれというわけですか？」

「そうは、いってないよ。だが、物盗りの線で、捜査を進めたがっている」

「まさか、警部は、これが、単なる物盗りの犯行とは、思っておられないでしょうね？」

「物盗りの可能性が、皆無《かいむ》じゃない」

と、十津川は、いった。

「そりゃあ、皆無じゃないでしょうが」

「カメさん」

「はい」

「そんな怖い顔はしなさんなよ。私だって、佐々木さんが、単なる物盗りに殺されたとは、思っていないよ」

「そう思っていました」

「だがね、二十年前の事件が、よみがえって来たら、どうしたらいいのか、私にもわからん。とにかく、二十年前の事件は、もう、終わってしまっているんだからね」

と、十津川は、いった。

十津川は、続けて、

「現場周辺の聞き込みをやってみよう。考えるのは、それからだ」

「そうですね。それにしても、佐々木さんの娘さんは、可哀そうですね。行方不明の父親を追って、小樽まで、探しに行ったのに、その父親が、東京で、殺されていたわけですから」

と、亀井が、いった。

午後になって、小樽の日下刑事から、電話が入った。

「今、テレビのニュースで見たんですが、東京で、佐々木さんが、殺されたそうですね？」

「そのことで、君に、連絡しようと思っていたところだ。佐々木季見子は、どうしているね？　彼女も、父親が殺されたニュースを、見ただろうか？」

と、十津川が、きいた。

「わかりません。私から、彼女に、知らせますか？」

「いや、様子を見ていてくれ。われわれは、彼女が、小樽へ行ったことは、知らないことになっているわけだからね。ニュースで知れば、彼女は、すぐ、東京に戻ってくるはずだ。その時は、君も、帰京したまえ」

と、十津川は、いった。

聞き込みからは、なかなか、これといった情報は、得られなかった。

夜になって、やっと一人、公園の近くで、佐々木を見たという目撃者が、見つかった。

後藤功《ごとういさお》という二十五歳のサラリーマンである。

公園の近くの公衆電話ボックスで、電話をかけようとしたが、中に若い女性が二人で入って、長電話をしていた。

しばらく、待ったが、中の二人は、いっこうに、電話を切ろうとしなかった。

そこへ、初老の男が、やって来た。彼は、急いで、電話をかけたいらしく、ボックスの中の二人の女性に向かって、ドアを叩いていたが、彼女たちが、やめないので、舌打ちをして、公園の中へ消えて行った。

その初老の男が、殺された佐々木だったというのである。

「手に、小さい紙切れを持っていましたよ。だから、急いで、どこかへ電話をかけようと思っていたんだと、思いますね」

と、後藤は、いった。

「若い女たちが、長電話をやめようとしないので、その初老の男は、公園の中へ、入って行ったんですね」

十津川は、念を押した。

「ええ。たぶん、公園を抜けて、吉祥寺の駅の方へ行こうとしたんじゃありませんか。向こうへ行けば、公衆電話はいくらでもありますからね」

と、後藤は、いった。

（佐々木は、私に、電話しようとしていたのだ）

と、改めて、十津川は思う。しかし、電話してきて、何を、彼は、十津川に、いおうとしたのか？

十津川が、警視庁に入った時、佐々木は、もう、辞めてしまっていた。

彼の上司の小坂井元警部は、警察を辞めてからも、二十年前の事件のことを、考え続けていた。雑誌に書いたこともある。

しかし、佐々木のほうは、まったく、事件のことは、忘れて、新しい仕事に、熱中しているように見えた。

小坂井のほうは、十津川に、二十年前の事件について、自分の考えを、延々と、語った。今も、調べ続けているといい、十津川は、その執念《しゅうねん》に、感心したものだった。

佐々木とは、小坂井の葬儀の時に、十津川は会って、話をしたことがある。

目撃者の後藤功に、礼をいって、帰ってもらったあと、十津川は、しばらく、窓の外の闇《やみ》を見つめていた。

（佐々木さんは、何を話したかったのか？）

そのことが、気になるのだ。

「警部！」

と、ふいに、若い西本《にしもと》刑事が、大声で、呼んだ。

「なんだ？」

「今、佐々木を殺したという犯人が、自首して来ました」

「本当か？」

と、十津川は、西本の顔を、睨《にら》むように見すえて、きいた。

「本当です。連れて来ます」

と、西本がいった。

亀井の表情も、変わっていた。

「犯人が、自首ですか？」

「そうらしい」

と、十津川は、複雑な表情で、うなずいた。

西本が、一人の男を連れて、入って来た。

三十歳くらいの小柄な男である。Gパンにスニーカー、それに、ポロシャツという恰好《かっこう》だった。

襟《えり》のあたりが、うす汚れている。

十津川は、とにかく、その男を、椅子に、すわらせた。

「君が、犯人なのかね？」

「ああ、おれが、殺したんだ」

と、男は、ぼそぼそした声で、いった。

「名前は？」

「北原行夫《きたはらゆきお》」

と、いい、その字を、机の上に、指で、書いて見せた。

「住所は？」

「ぶらぶらしてるよ。部屋代を払わないから、アパートを、追い出されたんだ」

「なぜ、殺した？」

「金がほしかったからに、決まってるじゃないか。昨日の夜、井の頭公園で、通りかかった男を、後ろから殴って、財布を盗ったんだよ。まさか、死ぬとは、思わなかったんだ。

あとで、死んだと知って、びっくりしたんだよ」

「証拠はあるのかね？」

「証拠？」

「そうだ。君が、殺したという証拠だよ」

「それなら、あるよ」

男、北原行夫は、ニヤッと笑って、ポケットから、空の革財布と、運転免許証を取り出して、十津川の前に、置いた。

免許証は、佐々木のものだった。

「奪った金は、使ってしまったのか？」

「三万円と、ちょっとしか入ってなかったよ。もっと、入ってると、思ったんだがね。今日、それで、飯《めし》を食って、パチンコをやったら、あっという間に、金がなくなっちまったよ。今のパチンコは、入らないと二、三万くらい、すぐ、パァだからね」

「今になって、急に、自首して来たのは、なぜなんだね？」

と、十津川は、きいた。

男は、肩をすくめて、

「女のところを、転々とするのにも飽きたし、逃げるのが、いやになったからだよ。それに、無一文じゃ、逃げようにも、逃げられないからね」

「何を使って、殴ったんだ？　凶器は、何なんだ？」

と、亀井が、きいた。

「鉄棒だよ。公園のベンチのそばに落ちてたんで、それを、使ったのよ。殴ったあとは、池の中に、放りこんだよ」

翌朝、十津川たちは、北原行夫を、井の頭公園へ連れて行き、池のどの辺に、凶器を捨てたかを、証言させた。

彼の証言に従って、池浚《さら》いが行なわれ、五十センチくらいの鉄パイプが、発見された。

北原は、それを、公園で拾い、佐々木を殴ったのだという。

重量もかなりあり、十分に、殺人の道具になり得るだろう。

「カメさんは、どう思うね？」

と、十津川は、きいた。

「何ともいえませんね。三上部長は、物盗りの犯行ということで、満足されているんじゃありませんか」

「とにかく、この北原という男のことを、調べてみよう」

と、十津川は、いった。

指紋を照会したところ、彼には、前科のあることがわかった。

傷害二件、窃盗《せっとう》三件、合計四年間、刑務所に入っている。

一年前に、出所したところで、中野《なかの》のアパートに入ったが、部屋代を、溜めて、追い出されていることも、事実だった。

もちろん、これといった定職は、持っていない。

「出所してから、何をして、食っていたんだ？」

と、亀井は、きいた。

「いろいろやったよ。新宿《しんじゆく》の歌舞伎町《かぶきちよう》あたりで、ふらふら遊んでる奴を、脅して、巻きあげてやったこともあるさ」

と、北原は、いう。

「強盗もやったのか？」

「ああ。二回ばかり、やったよ。中野のアパートの近くで、ＯＬを、後ろから、ぶん殴って、ハンドバッグを、かっ払ったけど、財布に、八千円しか入ってなかったな。もう一つは、三鷹《みたか》だが、年寄りだった。こっちは、二十万近く、財布に入ってたよ」

北原は、得意げに、いった。

十津川たちは、この二つの事件を、調べてみた。中野のほうは、被害者のＯＬが、被害届を出していたので、すぐ、確認できたが、三鷹のほうは、被害届が、出ていなかった。

三上刑事部長からは、電話で、よかったじゃないかと、いって来た。

「犯人も、自首して来たんだし、すぐ、検察庁送りに持って行きたまえ」

と、三上は、いった。ほっとしている感じが、声の調子に、表われていた。

そんな時、佐々木の娘の季見子が、北海道から、帰京してきた。

世界は二人のために

十津川は、季見子を、父親の遺体のある大学病院へ案内した。

季見子は、しばらく、黙って遺体を見つめていた。

十津川は、次第に、息苦しくなって来た。いつもは、こうではなかった。

十津川は、仕事柄、死体には馴《な》れているし、その家族に、死体を確認させたことも、何度かある。

もちろん、重苦しい、空気にはなるし、残された家族に、何というべきか、言葉に窮《きゅう》することも、しばしばある。

だが、今度の場合は、少し違っていた。

いつもなら、家族に向かって「必ず、犯人を捕まえます」と、約束するのだ。その言葉で、少しは、家族の悲しみが、軽くなると、思うからである。

今度は、それができない。

犯人がもう、捕まっているからではなかった。

自首して来た北原行夫を犯人とは、十津川は、思っていない。

佐々木を殺した犯人は、別にいる。たとえ、北原行夫が、殺したのだとしても、彼に、佐々木を殺させた人間がいるはずだと、十津川は思っていた。

だが、上のほうは、三上部長を始めとして、この事件を、深く追及するなというに、決まっている。

いやでも、二十年前の事件を、掘り返すことになるからだ。そして、佐々木以外にも、犠牲者が出て来るだろう。

季見子が、眼を上げて、十津川を見た。その眼に、涙はなかった。

「父は、なぜ、殺されたんですか?」

と、季見子は、まっすぐに、十津川を見つめた。

「財布などが、なくなっていましたからね。物盗りの線が考えられるし、犯人も、自首して来ています」

と、十津川が、いった。

「どんな人ですか?」

「前科のある男で、北原という三十歳の男です。金ほしさに、佐々木さんを殺したといっています」

「その男が、犯人だという証拠はあるんですか?」

「彼は、奪った佐々木さんの財布と、運転免許証を、持っていました。それに、凶器の鉄パイプも、彼のいった場所で、見つかりました」

「十津川さんは、その男が犯人だと、思っていらっしゃるんですか？」

と、季見子が、きいた。

「証拠は、十分だと思っていますよ。筋は通っていますからね」

「でも、父が、そんな行きずりの男に殺されたなんて、信じられません」

と、季見子が、いった。

「なぜですか？」

と、十津川は、きいた。

季見子が、亡くなった父親のこと、二十年前の事件のことを、どこまで知っているのかを、十津川は、知りたかったのだ。

「父は、二十年前の事件を、調べていました。小樽へ行ったのも、そのためです。十津川さんも、そのことは、よく、ご存じだと、思いますが」

と、季見子はいった。

「いや、知りませんね。二十年前の事件って、何のことですか？　私は、まだ、警察に入っていませんでしたから」

と、十津川は、いった。

季見子は、疑わしげに、首をかしげていたが、

「父は、そのために、殺されたんだと思いますわ。私だって、怖い目に遭《あ》いましたもの」

「お父さんは、その二十年前の事件について、あなたに、何か話しましたか?」

「いいえ」

「では、あなたは、何も知らないわけですか?」

「ええ、でも、少しは、わかってきたし、これから、自分一人で、調べてみるつもりです」

季見子は、きっぱりと、いった。

(困ったな)

と、十津川は、思った。この娘は、やる気なのだ。そうなれば、きっと、彼女も、危険にさらされる。

「犯人は、もう、捕まっているんですよ」

と、十津川は、いった。

「そんな、物盗りの犯行なんて、私は、信じません」

「しかし、北原は、自供しているし、凶器も見つかっているんです。犯人として、起訴されることになりますよ」

「でも、私は、信じません」

「警察が、犯人でもない男を、犯人にしているというわけですか？」

「そうはいっていませんけど、私には、父を殺した犯人が、別にいるとしか、思えないんです。それだけのことです」

「われわれは、協力できませんよ。犯人が逮捕されてしまった事件については――」

と、十津川は、いった。

「結構です。私は、最初から、警察に、何かして頂こうとは、思っていません。父だって、そう思って、二十年前に、警察を辞めたんだと思いますから」

「お父さんが、辞めた時のことを、何か聞いたんですか？」

と、十津川は、季見子の顔を見た。

「いいえ」

と、季見子は、首を横に振ってから、

「でも、今になって、何となく、わかってきました」

「どんなふうにですか？」

「二十年前、きっと、父は、警察の幹部の人と衝突して、辞めたんだと思います」

と、季見子は、いった。

「それで？」

と、十津川は、先を促《うなが》した。

「その時、何か事件があって、父は、きっと、自分の意見が入れられなかったんだと思うんです。強情な父だから、その時、ケンカして、辞表を出したのかもしれませんわ。きっと、父は、その事件のことは、心残りだったと思いますけど、家のこともあって、新しい仕事について、ずっと、働いて来ました。亡くなった母に、もう、事件のことは、忘れると、約束したんじゃないかと、思うんです。二十年たって、母も亡くなり、私も、もう、一人で、生活できるようになって、父は、急に、また、二十年前の事件を、調べ始めました。父は、どうしても、あの事件を忘れられなかったんです」

季見子は、静かに、話した。

「だから、あなたも、調べるんですか?」

「ええ。素人《しろうと》の私が、どこまで調べられるかわかりませんけど、父の気持ちを考えると、やってみたいんです」

「無理ですよ」

「わかっています」

「危険かもしれません」

「それも、わかっています」

「困った人だな」

と、十津川は、呟《つぶや》いた。

季見子は、そんな呟きは、聞こえなかったみたいに、いった。

「父の遺体は、もう、引き取って構いませんわね？」

「ええ」

十津川は、うなずいた。

十津川が、捜査本部に戻ると、もう、捜査本部を、解散する話になっていた。

三上部長も、本多《ほんだ》捜査一課長も、来ていた。

「犯人が、自首して来たことで、あっけなく、解決してしまったが、たまには、こういうこともあっていいだろう」

と、三上が、刑事たちを、見まわして、いった。

「とにかく、ご苦労さん。凶器も、見つかったので、検事さんも、公判が、維持できるといっている。立ち上げたばかりだが、この捜査本部も、解散だ」

と、これは、本多が、いった。

亀井が、十津川のそばに来て、小声で、

「佐々木さんの娘さんは、どうしました？」

と、きいた。

「父親の遺体を、引き取って、帰って行ったよ。ただ、困ったことに、彼女は、あくまでも、父親の遺志を引き継いで、二十年前の事件を、調べる気でいる」

「犯人が捕まったことに、満足してはいないんですか?」

「ああ。絶対に、物盗りなんかに、殺されたんじゃないと、思っている」

「困りましたね」

「困ったが、民間人の彼女に、何もするなと、命令することは、できないしね」

十津川は、亀井と、二人で、小樽から戻って来た日下刑事を、部屋の外へ、連れて行った。

「小樽での佐々木季見子のことを聞きたいんだ。彼女は、どこまで、調べたのかね?」

と、十津川は、日下に、きいた。

「小樽で、行商人が、死んだことは、報告しましたね」

「ああ、それは、聞いたよ」

「佐々木季見子は、父親が、なぜ、行商人に会いに来たのか、それを、知ろうと、していました」

「そして、市立図書館で、二十年前の新聞に眼を通したんだな?」

「はい。彼女は、その古新聞から、いくつかの事件を、メモしたようなのです。というのは、次の日、新聞社へも行って、一つ一つメモした事件について、きいていますから」

と、日下は、いった。

「サングラスの男は、どうしたんだ?」

「相変わらず、彼女を、尾行していました」

「君の存在に、その男は、気づいているようだったかね？」

「わかりませんが、たぶん、気づいていなかったと思います」

「彼女は、具体的に、二十年前のどんな事件について、新聞社で、きいていたんだね？」

「いろいろです。すべて、小樽で、二十年前に起きた事件です。市役所の課長の理由のわからないデパートでの投身自殺とか、運河に浮かんでいた身元不明の女の溺死体、あるいは、東京から来た若いカップルの失踪などです」

「新聞社では、どんなふうに、彼女に、答えたんだろう？」

「彼女は、若く美人ですし、失踪した父親の行方を追っているということで、新聞社では、好意的に、当時の話を聞かせたようです。ただ、そのなかのどれが、父親の追っていた二十年前の事件かは、まだ、わかっていないと、思いますが」

「君も、二十年前の事件のことは、知らなかったよな？」

と、十津川は、日下に、きいた。

日下は、笑って、

「当時、私は、まだ、小学生でしたから」

「君は、知らないほうがいい」

と、十津川は、いった。

部屋に戻ると、コップ酒が配られて、事件の解決に対して、乾杯が、始まっていた。

捜査本部は、今日じゅうに、解散である。

十津川は、椅子に腰を下ろし、じっと、佐々木の書き残した電話番号を、見つめた。

(これを、佐々木が、握りしめていなかったら――)

と、思う。

これほど、辛《つら》い気分には、ならずにすんだろう。

佐々木は、死を賭けて、十津川に、何かを連絡しようとしたのだ。それを無視していいのだろうか?

十津川は、二十年前の事件について、自分で、捜査資料を、見たこともあるし、この事件を、担当した小坂井警部が、警察を辞めてから、話を聞いたこともある。

この事件の真相は、十津川にも、わからない。

事件は、二十年前に解決したことになっていて、残っている捜査日誌にも、そう書いてあり、新聞、テレビも、警察の発表通りに報道した。

しかし、小坂井は、十津川と話した時、警察を辞めた気安さからだろうが、この事件での警察の捜査を批判し、事件は、まだ、終わっていないと、いったのである。

事件の時、まだ、警視庁に入っていなかった十津川には、二十年前に、すでに解決しているという発表が正しいのか、それとも、小坂井元警部の反論が正しいのか、わからなかった。

ただ、今度、佐々木が、殺されたり、奇妙な解決があったりすると、小坂井の言葉が、正しいのかもしれないと、思えてくる。

その小坂井は、すでに死亡しているし、彼の遺志を継ぐ形で、動きまわったように見える佐々木も、殺されてしまった。

もし、二十年前の事件に、疑問を持ったら、今度は、十津川自身が、調べてまわらなければならないのである。

十津川は、彼の知っている範囲での、二十年前の事件を、頭の中で、再現してみた。


事件は、二十年前の十月四日に、起きた。

もちろん、事件の根は、もっと以前にあったのかもしれないが、事件が、表に現われたのは、十月四日の午後である。

朝から、小雨が降っていて、肌寒かった。が、このことと、事件とは、関係がない。

警視庁捜査一課の小坂井警部は、殺人事件発生の知らせを受けて、部下の佐々木刑事たちを連れて、現場に向かった。

現場は、日比谷《ひびや》公園。警視庁と、目と鼻のところである。

この日は、日曜日で、周辺の官庁街は、もちろん、休みで、ひっそりと、静まり返っている。

日比谷公園も、同じだった。

昼休みには、周辺の官庁や、会社のサラリーマンやＯＬで、賑《にぎ》わうのだが、今日は、静かだった。

それに、朝からの雨のせいで、わざわざ、日比谷公園に、遊びに来る人もいなかった。

小坂井たちが、日比谷公園の中に入ったのは、午後七時を過ぎていて、周囲は、暗くなっていた。

池の近くのトイレの中で、若い女が、首を締《し》められて、殺されていたのである。

スカートがめくれ上がり、下着は、引きずり下ろされていた。

死体の横には、トランジスタラジオが転がっていて、「世界は二人のために」を流していた。

この年、佐良直美《さがらなおみ》の唄ったこの歌が、人気を得ていた。

愛　あなたと二人
花　あなたと二人
恋　あなたと二人
夢　あなたと二人

二人のため　世界はあるの
二人のため　世界はあるの

トランジスタラジオから流れてくる歌声は、若い女の無残な死体が、そばにあるだけに、小坂井の耳には、異様に、聞こえた。

小坂井は、一週間前に、知人の結婚式に出たのだが、その会場でも、この歌が、流れていたのだ。

少し離れた場所から、女物の傘《かさ》と、ハンドバッグが、見つかった。

小坂井は、一つの光景を、想像した。

被害者は、傘をさし、ラジオを聞きながら、誰かを、待っていたのだろう。

女の若さから考えて、恋人とのデイトと考えられる。

しかし、やって来たのは、恋人ではなく、犯人だった。

犯人は、暴行を目的に、彼女を近くのトイレの中に引きずりこんだ。が、抵抗され、首を締めて、殺したのではないのか。

死体の発見者は、トラックの運転手だった。

近くを走行していて、急に、尿意をもよおし、日比谷公園の中にトイレがあるだろうと思い、車を止めた。

トイレを見つけ、ほっとして、入って行くと、コンクリートの上に倒れている女の死体を、見つけたというのである。

四十二歳の井田良一《いのだりよういち》という運送会社の運転手だった。

小坂井は、女の身元を、確認することから始めた。

幸い、ハンドバッグの中に、被害者の運転免許証が入っていたので、名前と、住所は、すぐわかった。

長山《ながやま》しのぶ、二十歳。

これが、被害者の名前で、住所は、世田谷《せたがや》区北沢《きたざわ》のアパートになっていた。

死体は、解剖《かいぼう》のために、大学病院に、運ばれて行った。

小坂井は、傘や、トランジスタラジオ、それに、ハンドバッグを、警視庁に、持ち帰った。

ハンドバッグの中には、免許証の他に、一万三千円の入った財布、化粧道具などが、入っていた。

「こういう事件は、やり切れませんね」

と、佐々木刑事が、眉《まゆ》をひそめて、いった。

小坂井は、「ああ」と、うなずいた。

物盗りの犯行でないことは、はっきりしていた。

純粋に、暴行が目的の犯人なのだ。

(何も、殺さなくてもいいだろうに)

と、小坂井は、思った。

小坂井は、佐々木と、金子《かねこ》の二人の刑事を、世田谷区北沢のアパートに、走らせた。

二階建ての木造モルタルアパートだった。

その二階の端、二〇五号室に、「長山」の名前を書いた紙が、貼りつけてあった。

佐々木刑事は、被害者のハンドバッグにあったキーを使って、部屋に入った。

六畳の和室に、キッチンと、バストイレがついている。

狭いが、新しい建物なのと、女らしく飾ってあるので、豊かな感じに見えた。

「学生のようですね」

と、若い金子刑事は、部屋の中を見まわしながら、佐々木に、いった。

N大が、アーチェリーで優勝した時の写真が、壁に貼ってあったり、教科書や、参考書が、机の上に、積んであった。

ハンドバッグには、学生証がなかったが、どうやら、N大の学生らしい。

恋人と思われる若い男と一緒に撮った写真も、見つかった。

二十五、六歳の背広姿の男である。こちらは、学生ではなく、たぶん、サラリーマンだろう。

机の引出しに入っていたノートには、「仏文3年、長山しのぶ」と、書いてあったから、N大の三年生と、考えて、よさそうである。

「長山さん」

と、廊下で、呼ぶ声がした。

佐々木が、顔を出すと、中年の男が、不審げに、彼を見ていた。

「長山さんは、いないんですか？」

と、その男が、きく。

佐々木は、警察手帳を見せて、

「あなたは？」

と、逆に、きいた。

「管理人です。長山さんが、どうかしたんですか？　電話が、かかってるんですが」

「私が出る」

と、佐々木は、いい、階下の管理人室へ下りて行った。

置いてあった受話器を取った。

「もし、もし」

「長山さんを呼んでくれませんか」

と、若い男の声が、いった。

「あなたは？」

「広田《ひろた》といってくれれば、わかりますよ」

男の声が、少し、いら立っている。佐々木は、彼女の部屋にあった若い男の写真を思い出しながら、

「長山しのぶさんは、亡くなりました。私は、警視庁捜査一課の佐々木です。彼女のことで、いろいろとおききしたいので、すぐ、来てくれませんか」

と、いった。

「死んだ――」

広田という男は、絶句したあと、すぐ、行きますと、いった。

タクシーで駆けつけたのは、やはり、写真の男だった。

名前は、広田厚《あつし》。二十六歳で、K商事のサラリーマンだという。

「彼女、本当に死んだんですか？」

と、広田は、まだ、信じられないという顔で、佐々木に、きいた。

「遺体は、今、大学病院にありますから、あとで、確認してください。今日は、彼女と、デイトの約束をしていたんじゃありませんか？」

「ええ。日比谷公園の中央入口のところで、待ち合わせの約束をしていたんです。僕は、五分ほど、遅れてしまったんですが、彼女は、もういませんでした。ずいぶん探しまわったんですが、見つからなくて──」

「池の近くのトイレの中で、殺されていました」

「池の？　なぜ、そんなところへ、彼女は、行ったんですか？」

「たぶん、犯人が、脅して、連れこんだんだと思いますよ」

と、佐々木は、いった。

とにかく、遺体確認のため、佐々木と金子の二人の刑事は、広田を、大学病院へ、連れて行った。

その途中、パトカーの中で、広田は、自分が、同じN大の先輩で、アーチェリーの指導に、母校へ行って、知り合ったこと、彼女が、卒業したら、結婚するつもりでいたことなどを、話してくれた。

大学病院に着き、広田は、遺体を見たが、佐々木に、うなずいて見せてから、急に、低く、嗚咽《おえつ》し始めた。

若い金子刑事が、なぐさめるように、

「犯人は、絶対に、捕まえますよ」

と、広田に、いった。

佐々木は、黙っていた。今は、どんな言葉も、この青年には、慰めにならないと、思ったからである。

その日のうちに、丸《まる》の内署《うち》に、捜査本部が設けられた。

〈日比谷公園殺人事件捜査本部〉

である。

暴行の文字を入れるべきだという声もあったが、解剖がすまなければ、暴行があったかどうか、不確かだということで、殺人だけになった。

解剖の結果が出たのは、翌朝になってからだった。

暴行は、されてないことが、わかった。

その代わり、胸に、打撲《だぼく》の痕《あと》があり、肋骨《ろっこつ》に、ひびが入っていることが、わかった。

犯人は、暴行しようとしたが、抵抗されたため、長山しのぶを、殴《なぐ》りつけ、首を締めて、殺したのだろう。

「変質者の犯行とみていいだろう」

と、小坂井警部は、捜査会議の席で、いった。

だが、犯人を見つけるのは、難しいだろうと、小坂井は、思った。

変質者の犯行となると、被害者や、彼女の恋人の周辺をいくら調べても、犯人は、浮かんで、来ないからである。

それに、いつも、日比谷公園で、獲物を探している犯人なら、網を張ることもできるが、たまたま、日比谷に来ていて、被害者を襲ったのだとすると、どこを探せばいいかも、わからないからだった。

念のために、過去一年間に、日比谷公園で起きた事件を、調べてみた。

日比谷公園は、有名なアベックのメッカでもある。

ウイークデイの夕方は、どのベンチも、アベックでいっぱいになる。

それを目当ての、覗《のぞ》きもあるが、それが、暴行などの事件に発展したことは、なかった。

酔ったサラリーマン同士の傷害事件や、かっぱらいなどの事件が起きてはいたが、今度のような事件は、過去一年間に、起きてはいなかった。

「日比谷公園を根城にした変質者じゃないな」

と、小坂井は、佐々木刑事に、いった。

犯人は、たまたま、日比谷公園に来ていたのだろう。

小坂井は、現場周辺を、徹底的に、調べさせた。犯人が、何か落としていったかもしれないからである。

その結果、トイレの外で、背広のボタンを一つ、見つけ出した。

それが、果たして、犯人のものかどうかわからないが、小坂井は、調べてみる価値があると、判断した。

毎朝、トイレは、清掃されていたからである。その時に、落ちていれば、清掃する人間が、見つけているに、違いない。

もう一つ、小坂井が注目したのは、そのボタンの裏側に、「Mila schön」の文字が、あったことだった。

小坂井は、知らなかったが、ミラ・ショーンという、外国ブランドの高級背広についているボタンと、わかった。

もし、このボタンが、被害者が、抵抗した時、取れたものだとすれば、犯人は、ミラ・ショーンの背広を着ていたことになる。

しかし、捜査は、そこで、ストップしてしまった。

東京じゅうの変質者に、枠を広げて、調べてみたのだが、なかなか、容疑者は、浮かんで来なかった。

現場周辺の聞き込みも、うまくいかなかった。

日曜日、それに、雨が降っていたということで、犯行の時間帯に、現地近くを歩いていた人間が、少なかったからである。

三日、四日とたっても、手がかりは、つかめなかった。

小坂井は、犯人が、何を使って、現場から逃げたかを、考えてみた。

日比谷公園の周辺には、個人の住宅というものは、ほとんどないから、あの辺りに住んでいる人間とは、考えにくい。

犯人は、車を使って逃げたか、歩いて、近くの駅まで行き、電車で逃げたかのどちらかだろう。

山手線《やまのて》、京浜東北線《けいひんとうほく》の有楽町《ゆうらくちょう》駅は、現場から歩いて、十二、三分かかる。

地下鉄の日比谷駅なら、四、五分だろう。

車は、自家用車、タクシー、それに、バスが、利用できる。

そのどれを、使っただろうか？

一番考えられるのは、自家用車である。

電車に乗ったとすると、犯人は、雨の中を、駅まで歩いたことになるし、トイレまで、引きずって行って、殺す時、傘はさしていなかったろうから、その時も、雨に濡れたはずである。

雨に濡れて、歩いていたり、ホームで、電車を待っていたら、目立ったに違いない。従って、車を使ったことが、考えられるのだ。

小坂井は、日比谷公園の周辺の道路に、事件のあった時刻に、不審な車が、停《と》まっていなかったかどうかを、部下の刑事たちに、調べさせた。

もちろん、電車の利用を、完全に無視したわけではなく、念のために、各駅の聞き込みも行なった。

六日目になって、やっと、聞き込みの成果らしきものが、出てきた。

犯行のあった時刻に、日比谷公園側に、赤いスポーツカーが、停まっているのを見たという目撃者が、現われたのである。

目撃者は、路線バスの運転手と、タクシーの運転手である。

公会堂の近くで、皇居の方向に向けて、その車は、道路の端に、停めてあったという。

「真っ赤なスポーツカーだったので、よく覚えていますよ」

と、バスの運転手は、いった。

その時刻は、午後五時半頃だという。もう周囲は、暗くなっていたが、車のライトの中に、スポーツカーの赤い車体が、はっきり見えたということだった。

解剖の結果、長山しのぶの死亡推定時刻は、十月四日の午後五時から六時の間だから、時間は、一致している。

タクシーの運転手が、同じ車と思われる赤いスポーツカーを見たのは、午後五時頃である。

場所が、同じなので、恐らく、同一のスポーツカーだろう。

ただ、小雨が降っていたし、一瞬のことなので、バスの運転手も、タクシーの運転手も、そのスポーツカーの中に、人が乗っていたかどうか、わからないということだった。

小坂井は、二人に、いろいろなスポーツカーの写真を見せた結果、どうやら、ポルシェ911と、わかった。

ラブユー東京

二十五歳の木崎雅之《きざきまさゆき》は、ご機嫌で、夜の甲州《こうしゅう》街道を、飛ばしていた。

乗っているのは、買ったばかりの赤いポルシェ911である。

彼のサラリーマンとしての月給は、十万円足らずだから、一千万円もするポルシェが、買えるはずがない。子供に甘い、宝石店経営の父が、買ってくれたのである。

おかげで、女の子に、不自由しなくなった。

今日も、新人モデルの二十歳の女を、深大寺《じんだいじ》の彼女のマンションへ送っての帰りだった。

まだ、彼女のしなやかな身体の感触が、残っている。

走りながら、木崎は、ラジオのスイッチを入れた。

歌のベストテンの番組だった。

一位の「ラブユー東京」の歌が、流れてくる。

七色の虹が
消えてしまったの
シャボン玉のような
あたしの涙
あなただけが
生き甲斐《がい》なの
忘れられない
ラブユー　ラブユー　涙の東京

いつの間にか、木崎は、その歌を、ラジオに合わせて口ずさんでいた。この歌と、「世界は二人のために」が、いつも、トップを、争っている。

木崎のマンションは、鍋屋横丁《なべやよこちょう》の近くだった。

新宿へ向けて、青梅《おうめ》街道に入った時、前方に、検問所が、設けられているのに、気がついた。

パトカーが二台停まっていて、警官が、五、六人いる。

（まずいな）

と木崎は、思った。

女のマンションで、水割りを、三杯ほど、飲んでいたからである。

このポルシェを買ってくれた時、父が、交通違反で、警官に捕まるようなことはするなよと、いったのを、思い出した。

あわててブレーキを踏み、Uターンして、逃げ出した。

検問中の警官も、すぐ、気づいたらしい。

甲州街道に、逃げこんだ時、後方で、パトカーのサイレンが聞こえた。

こうなると、捕まるわけには、いかなくなった。

木崎は、アクセルを、大きく踏み込んだ。

さすがに、ポルシェである。木崎の背中が、シートに押しつけられる感じで、急加速していく。

夜の十一時をまわっていて、幸い車は少ない。

すぐ、スピードは、一〇〇キロを超えた。

小坂井は、赤いポルシェ９１１が、甲州街道を、西へ向かって、逃走中という報告を受けた。

彼は、その時、西新宿の中央公園にいた。

今日、この公園の茂みの中で、若い女が、絞殺されていたのである。

発見されたのは、午後九時二十分近かった。

ちょうど、一週間前の日曜日に、日比谷公園で、長山しのぶというN大の女子学生が、殺されたが、状況は、これに、よく似ていた。

小坂井警部が、わざわざ、呼ばれたのは、そのせいだった。

年齢は、二十七、八歳である。

スカートは、めくれ上がり、黒いレースのパンティが、引きずり下ろされていた。前の事件と違う点といえば、今夜は、雨が降っていなかったし、今度の被害者は、濃く、化粧していた、ということだった。

近くで、シャネルの黒いハンドバッグが、見つかった。

三十万円近く入った財布や、外国製の高価な化粧品、それに、「クラブ・シャノアールゆき子」と印刷された名刺が二十枚、そのハンドバッグの中にあった。

佐々木刑事が、すぐ、歌舞伎町にあるクラブ「シャノアール」に行き、被害者が、その店のホステスであることを、確かめた。

本名は、矢代《やしろ》ゆき江《え》、二十八歳である。

中央公園近くのマンションに住んでいて、公園の中を通り、陸橋の下をくぐって、歌舞伎町の店へ出勤していたという。新宿では、日曜日の夜も、営業している店は多い。

どうやら、今夜も、店に出るために、中央公園を抜けようとして、犯人に、襲われたのだろう。

刑事たちが、公園の周辺で、聞き込みを実施したところ、公園の近くに、午後七時半頃、赤いポルシェが、停まっているのを見たという目撃者が、出て来た。

「また、赤いポルシェか」

と、小坂井は、思い、都内のパトカーに、赤いポルシェを見たら、止めて、調べるように、指示を、頼んだ。検問も実施した。

その直後の報告である。

「見つかったんですか？」

と、佐々木が、緊張した眼で、小坂井を見た。

「検問を見て、逃げ出し、今、甲州街道を、西に向かって、逃走中だ」

「われわれも、行ってみますか？」

「そうだな」

と、小坂井は、うなずき、他の刑事たちに、引き続き、現場周辺の聞き込みをやるようにいってから、覆面《ふくめん》パトカーに、乗りこんだ。

佐々木の運転で、小坂井も、甲州街道に、向かった。

助手席の無線電話に、刻々と、様子が、伝えられてくる。

赤いポルシェは、現在、下高井戸《しもたかいど》近くを、時速約一〇〇キロで、逃げていて、二台のパトカーが、それを、追っていた。

木崎は、アクセルを、踏み続けた。

ポルシェのスピードメーターは、敏感に反応して、一〇〇、一二〇、一三〇と、針が揺れていく。

それでも、さすがにドイツが誇るスポーツカーだった。路面に、吸いつくような走り方だった。

すぐそばまで追ってきていたパトカーのサイレンが、どんどん、遠くなっていく。

「ざまあみろ！」

と、木崎は、叫んだ。パトカーなんかに、追いつかれるものか。

午前零時に近く、甲州街道は、すいていた。烏山《からすやま》バイパスに、突入した。スピードは、一五〇キロまで、上がっている。

前方の信号が、赤になっているのも構わず、木崎は、車を、走らせた。

木崎は、自分が、F1ドライバーになっているような気分になっていた。

前を走っている車を、一台、二台と追い抜いていく。

素晴らしい快感だった。

ラジオは、深夜のDJ番組になっていて、また、音楽を、流している。

突然、前方に、パトカーが二台、道路をふさぐ恰好《かっこう》で、停まっているのが、視界に、飛びこんで来た。

「くそ！」

と、叫び、木崎は、ブレーキを踏みながら、ハンドルを切った。

タイヤが、悲鳴をあげた。車は、右折できず、反対車線に飛び出した。

そこへ、大型トラックが、疾走して来た。

血走った木崎の眼の前に、大型トラックの黒い車体が、のしかかって来た。

鈍い響きを残して、赤いポルシェは、トラックのフロントに、突き刺さり、続いて、押し潰《つぶ》されていった。

トラックを運転していた男は、あわてて、ブレーキを踏んだが、惰性《だせい》で、ずるずると、前部の潰れたポルシェを、押して行った。

検問に当たっていた警官たちが、ばらばらと、駆け寄って来た。

追跡していたパトカーも、次々に、到着した。

小坂井と佐々木の車も、現場に、着いた。

小坂井は、車から降りると、押し潰されたポルシェのところへ、歩いて行った。

警官たちが、運転席から、血まみれの若い男を、引きずり出しているところだった。

「救急車は？」

と、小坂井が、声をかけた。

「頼んでありますから、すぐ、来るはずです」

警官の一人が、いった。

壊《こわ》れたポルシェからは、ラジオが、まだ、音楽を流している。

明日からは　あなたなしで
生きてゆくのね
ラブユー　ラブユー　涙の東京

救急車が来て、意識不明の男を、運んで行った。

小坂井は、佐々木と、押し潰されたポルシェ911の車体を見つめた。

「これが、問題の車ですかね？」

佐々木が、ポルシェの車体を、こぶしで、叩いた。

「わからんが、やましいところがあったから、逃げたんだろう」

と、小坂井はいい、血の飛び散っている運転席に、首を突っ込んだ。

フロントガラスは、粉々に砕け、ハンドルはねじ曲がってしまっている。

それでも、カーラジオは、まだ、しつこく、音楽を、流していた。

これから、今週第三位、森進一《もりしんいち》の「命かれても」を、かけましょう。

惚《ほ》れて振られた
女の心
あんたなんかにゃ
わかるまい
押さえ切れない淋《さび》しさは
死ぬことよりも
つらいけど
なぐさめなんかは欲しくない

「何が、死ぬことよりもだ――」

と、小坂井は、口の中で文句をいいながら、車内から、車検証を取り出した。

小坂井は、パトカーのところに戻り、車の明かりで、その車検証を、見た。

「車の持ち主は、木崎雅之。鍋屋横丁のマンションが、住所になっている」

と、小坂井は、佐々木に、いった。

「若い男でしたね」

「二十五、六歳だろう」

「犯人ですかね？」

「どうかな。さっき、背広を見たが、ミラ・ショーンのマークは、入っていなかった。もちろん、だからといって、シロとは、いえないがね」

「とにかく、この木崎雅之という男を、調べてみようじゃありませんか」

と、佐々木が、いった。

小坂井と、佐々木は、覆面パトカーに戻ると、新宿に向かって、引き返した。

「壊れたポルシェで、カーラジオが、嫌な歌を流していたよ。『命かれても』って歌だ」

と、小坂井は、ぶぜんとした顔で、いった。

「森進一の歌でしょう。私は、あの歌が好きですよ」

「そうかねえ。命を落としたら、つまらないがねえ」

二人を乗せたパトカーは、鍋屋横丁にまわり、木崎雅之の住んでいたマンションに着いた。

管理人に立ち合ってもらい、木崎の服のポケットにあったキーを使って、ドアを開けた。

「ぜいたくな部屋ですね」

と、まず、佐々木が、いった。

「あの年齢で、こんなぜいたくができるわけがないさ。第一、ポルシェなんか、乗れるはずがない。どうせ、甘い親が、金を出してやっていたんだろう」

小坂井は、腹立たしげに、いった。

小坂井は、最低の生活をしてきたという気持ちが、いつも、心にあった。戦前は、東北の貧農の子供として、飢《う》えを味わい、戦争に行っては、死線を、さ迷った。

だから、小坂井の胸には、いつも、不平等に対する怒りがあった。それが、彼の性格を狷介《けんかい》にしているのかもしれなかった。

(あいつは、優秀な刑事だが、融通《ゆうずう》がきかない)

と、いう陰口が囁《ささや》かれるのも、そのせいだろう。

小坂井は、部屋を見まわした。

真新しいテレビ、ステレオ、棚に並んだ高級カメラ。ギターも、高そうだった。

アルバムが見つかったので、ページを繰《く》ってみると、若い女の写真が、多かった。

ヌードの写真もある。そのバックが、明らかに、この部屋だったりする。

つき合っている女を、裸にして、カメラを向けたのだろう。

(撮るほうも、撮るほうなら、撮らせる女も女だ)

と、小坂井は、腹立たしかった。

「今の若い女は、平気で、自分の裸を、撮らせるのかね」

「そうらしいですね」

「こういう男は、若い女を、襲うかな？　それとも、金にあかせて、女が、自由になるから、襲ったりはしないかな？」

小坂井は、自問する感じで、いった。

「どうですかね。世の中には、ただ、女性を愛していたのでは、満足できなくて、強い強《ごう》姦《かん》願望を持っている男がいますからね。表面的なものでは、判断できないと、思います」

と、佐々木が、いった。

「すると、この男も、容疑者の一人だな」

「そう思います。とにかく、検問を見て、逃げたわけですから」

「この男の周辺を、洗ってみよう」

と、小坂井は、いった。

部屋にあった手紙類と、アルバムを、押収して、小坂井は、捜査本部に、持ち帰ることにした。

昼近くなって、父親の木崎治郎《じろう》が、捜査本部にやって来た。

「すぐ、息子の遺体を引き取らせて頂きたい」

と、木崎治郎は、かたい表情で、小坂井にいった。

「解剖の結果が出るまで、待ってください」

と、小坂井は、相手の名刺を見ながら、いった。銀座《ぎんざ》で、宝石店をやっているらしい。

（この父親が、甘やかしたのか）

「なぜ、待たねばならんのですか？　息子が、何かしたんですか？」

「息子さんは、検問を見て、急に逃げ出したんですよ。そして、パトカーに追われ、反対車線に飛び出して、トラックと、衝突したんです」

小坂井は、わざと、ゆっくりと、いった。

「だから、死んだのは、息子のせいだといいたいんですか？」

と、木崎治郎は、突っかかってきた。

「われわれとしては、息子さんが、なぜ、逃げたかを、知りたいわけですよ」

「それと、解剖と、どんな関係があるんですか？　何の関係もないじゃありませんか？」

「いや、そうもいえませんよ。息子さんは、酔っていた可能性もあります。解剖すれば、そうしたことも、わかりますのでね」

小坂井は、負けずに、いった。

「私はね、車を運転する時は、絶対に、酒は飲むなと、いい聞かせてあります。だから、酔っ払い運転なんかするわけはありませんよ」

「そうかもしれませんが、それなら、なぜ、検問を見て、逃げたんですかね？」

「知りませんよ、そんなことは。とにかく、息子は、死んでしまったんです。警察は、死者に対する礼というのを、知らんのですか？」

「知っていますが、それ以上に、われわれとしては、真実を知りたいのですよ」

「何の真実です？」

「現在、都内で、同じような殺人事件が、続けて、二件発生しています。その現場で、赤いポルシェが、二度とも、目撃されているのですよ。それで――」

と、小坂井が、いいかけるのを、木崎は、怒りの表情で遮《さえぎ》ると、

「なんですか、私の息子が、その殺人事件の犯人だとでもいうんですか？」

「とんでもない。われわれは、そんな断定の仕方はしませんよ。ただ、ひょっとしてと思うから、調べているだけです。私だって、息子さんが、何の関係もないことを、祈っています」

「しかし、疑っているからこそ、解剖するんでしょう？　違うんですか？」

「今もいったように、われわれは、息子さんが、なぜ、逃げたか、その理由を知りたいのですよ」

「解剖すれば、それが、わかるとでもいうんですか？」

「解剖も、真実を知る一つの手段です。その他にも、あなたに、息子さんのことを、いろいろと、教えてもらいたいのです。協力して頂きたいと、思いますが」

と、小坂井は、いった。

「――」


木崎は、押し黙っている。

突然、息子を失った父親としては、簡単に、協力しますとは、いえないのだろう。

小坂井にも、それは、わかるのだが、連続殺人事件を解決するためには、どうしても、協力してもらわなければ、ならなかった。

小坂井は、じっと、相手を見た。

「息子さんとは、別々に、生活していらっしゃったようですね？」

と、小坂井は、きいた。

それでも、木崎は、すぐには、返事をしなかった。が、小坂井が、見つめていると、

「そうです」

と、やっと、答えてくれた。

「あのポルシェは、あなたが、買って、息子さんに、与えられたものでしょう？」

「そうです。どうしても、あの車がほしいというものですからね。今になってみると、車なんか、買い与えなかったほうが、よかったかもしれない」

木崎は、少しずつ、高ぶった気持ちが、落ち着いてくるようだった。

口調も、冷静になってきた。

「息子さんは、喜んでいたようですか？」

「ええ。もう、あの車に、夢中でしたね。サラリーマンなので、通勤に使えない。それで、休みの日には、一日じゅう、乗りまわしていたみたいです」

「息子さんは、どこにお勤めだったんですか？」

と、小坂井は、きいた。

「T工業という中堅の機械メーカーで、事務をやっていました。新橋《しんばし》に本社がありますよ」

「T工業なら、名前は、知っていますよ。日曜日は、休みですね？」

「そうです。来年から、週休二日になると、息子は、喜んでいましたよ」

「二日間、ポルシェを、乗りまわせるからですかね？」

「かもしれません」

「女性には、よくもてたようですね？」

小坂井は、アルバムにあった女性の写真を思い出しながらきいた。

「ええ。そのようです。私の店にも、二、三度、女の子を連れて、やって来たことがありましたよ。そんな時は、得意そうに、ニコニコ笑っていたんですが」

「結婚のことは、どう考えていたんでしょうか？」

「まだ、早いと、いっていました」

「ポルシェを乗りまわしたり、若い女の子と遊ぶほうが、楽しかったんですかね？」

「かもしれません。私は、結婚すれば、落ち着いてくれるだろうと、思っていたんですがね」

「落ち着きがなかったんですか？」

「ええ。多少、おっちょこちょいなところがありました」

と、木崎は、いった。

「息子さんは、大きな病気をされたことは、ありませんか？」

「なぜ、そんなことを、きくんですか？」

「息子さんのことを、いろいろと、知りたいからですよ」

「大きな病気は、したことはありませんよ」

「女性のことで、問題を起こしたことは、どうですか？」

と、小坂井が、きいた。

木崎は、むっとした顔で、

「失礼なことは、いわないで頂きたい。私の息子は、そんな男じゃありませんでしたよ」

「しかし、女性は、好きで、何人もと、つき合っていたようですね？」

「そんなことはありません。真面目なサラリーマンでした」

と、木崎は、いう。

小坂井は、押収してあった女の写真を取り出して、木崎の前に、一枚ずつ、並べていった。

ヌード写真を見た時、さすがに、木崎の顔に、狼狽《ろうばい》の色が走った。

「これは、全部、息子さんが、撮ったものですよ。かなりきわどい写真もありますね」

と、小坂井は、意地悪くいった。

「――」

木崎が、黙ってしまったのは、うすうす、息子の女性関係が、乱れていることを、知っていたのだろう。

「問題が起きたことは、なかったんですか？」

と、小坂井は、追い打ちをかけるように、きいた。

「一、二度は、ありました」

と、木崎は、重い口調で、いった。

「どんな問題ですか？」

「そんなことをいわなければいかんのですか？」

「いって頂きたいですね」

と、小坂井は、強い調子で、いった。

木崎は、肩をすくめてから、

「相手の女性から、慰謝料を請求されたことがありました」

「なぜですか？」

「息子は、人がいいのか、気が弱いのか、すぐ、女性のいうことを、受け入れてしまいましてね。結婚してくれというと、うんといってしまって、あとになって、いろいろと、もめました。婚約不履行《ふりこう》で、訴えられたこともあったりしましてね」

「その慰謝料は、あなたが、払ったわけですか？」

「息子には、五百万とか、六百万という金は、ありませんでしたからね」

木崎は、ぶぜんとした顔で、いった。

木崎が、帰ったあと、小坂井は、佐々木に向かって、腹立たしげに、

「あんな甘い親がいるから、子供が、事件を引き起こすんだよ」

と、いった。

夜半になって、木崎雅之の死体解剖の結果が、出た。

胃の中から、かなりの量のアルコール分が、検出されたという報告だった。

「警部。木崎雅之が、検問を見て逃げたのは、酔っ払い運転のせいかもしれませんね」

と、佐々木が、いった。

木崎が、新人モデルの女の子を、深大寺まで、送って行った帰りだったことも、わかった。

彼女の証言で、木崎に、アリバイが、あることも、わかってきた。

「中央公園の事件の時には、木崎雅之は、この女と一緒にいたことは、間違いありません

から、犯人じゃありませんね」

と、佐々木は、机の上に並べた写真を見ながら、残念そうに、いった。

「すると、また、初めから、やり直しか」

小坂井は、顔をしかめた。気短な小坂井は、すぐ、腹立たしくなる。佐々木が、眼の前にいなければ、机を、蹴飛ばしているところである。

(この男が、妙なそぶりを見せなければ、道草を食わなくてすんだのに)

と、考えると、どうしても、死んだ木崎雅之という青年に、腹が立ってくるのだ。

「結局、こんな写真は、何の役にも立たなかったわけだよ。くそ!」

と、小坂井が、両手で、机の上の写真を、払い捨てようとした時、佐々木刑事が、

「ちょっと待ってください」

と、突然、いった。

「何だ?」

「この写真は、案外、役に立つかもしれませんよ」

「何を寝言をいってるんだ。木崎雅之は、犯人じゃないんだ。それに、ここに写っている女たちのなかに、被害者がいるわけじゃない。何の役に立つんだ?」

小坂井は、不機嫌に、いった。

そんな小坂井を、佐々木は、あやすように、

「確かに、その通りですが、この写真を見てください」

と、一枚の写真をつまみ上げて、小坂井に見せた。

「何回も見たよ。木崎が、女と二人で、得意そうに立ってるだけのことだろう。それが、どうかしたのか？」

相変わらず、小坂井は、眉をひそめて、いった。

「いや、その二人じゃありません。バックになっているものです」

と、佐々木は、いう。

「バック？　どこかの湖畔《こはん》だろう。どこだろうと、今度の事件とは、無関係だよ。どう見たって、日比谷公園や、新宿の中央公園じゃないからな」

「景色は、どうでもいいんです。車が、写っているでしょう？」

「ああ、赤いポルシェだ。当たり前だろう。二人が乗って行った車だよ」

「それが、違うんです」

「違う？　何が」

「このポルシェのナンバープレートをよく見てください。ナンバーは、小さくてはっきりしませんが、字は、『埼』ですよ」

「本当か？」

小坂井は、あわてて、その写真に、眼を近づけて、じっと、見つめた。

最近、どうも、老眼になったのか、細かい字が、よく見えない。

「眼鏡をお貸ししますよ」

と、佐々木がいい、自分のかけていた眼鏡を、小坂井に、渡した。

小坂井は、黙って、それを受けとると、眼に当てて、もう一度、写真を見た。

「なるほどね。埼玉ナンバーの車だな。しかし、これが、何を意味するのかね？　木崎が遊びに行ったところに、たまたま、別の人間が、赤いポルシェに乗って、遊びに来ていたということじゃないのかね？　まさか、この埼玉ナンバーのポルシェが、犯人の車というわけじゃないだろう？」

「それは、わかりません。もう一つ、その赤いポルシェの後ろに、小さく、白い車が、写っているでしょう？」

「ああ、頭だけ見えてる車だな。これが、どうしたんだ？」

「これも、ポルシェです」

「しかし、ちょっと、恰好《かっこう》が違うんじゃないか？」

「ええ。ポルシェ３５６で、オープンカーが人気があります」

「よく知ってるね」

「今度の事件が起きてから、ポルシェの写真を、よく見ていますから」

「しかし、この車が、君のいうポルシェだとして、それが、何か意味が、あるのかね？」

と、小坂井が、きいた。

「木崎雅之も、自分のポルシェ９１１に、女を乗せて、行ったんだと思います。とすると、少なくとも、三台のポルシェが、この湖に、集まっていたことになります」

「まあ、そうだな」

「偶然とは、思えません。今の日本で、ポルシェを持っている人間は、そう沢山《たくさん》は、いないはずですから」

と、佐々木がいった。

小坂井は、まだ、佐々木が、何をいわんとしているのかわからなくて、

「早く、結論を、いいたまえ」

「何かで、ポルシェのオーナーが、グループを作って、時々、集まって、ドライブを楽しんでいるというのを、読んだことがあるんです。恐らく、エリート意識が、楽しいんでしょう。この写真は、その時のものかもしれません」

と佐々木は、いった。

「なるほどな。ひょっとすると、犯人も、そのグループに入っているかもしれないというわけだな？」

「そうです。犯人は、犯行に、ポルシェを使っています。つまり、ポルシェを持っていることが、自慢なんでしょう。とすると、オーナーだけのグループに入っている可能性は、

十分にあると思います」

と、佐々木は、いった。

第三の事件

小坂井と佐々木は、もう一度、木崎雅之のマンションに、足を運んだ。

探すのは、木崎が入っていたと思われるポルシェのオーナーのクラブの名簿だった。陸運局に問い合わせて、都内のポルシェすべてを、調べることよりも、まず、的《まと》を絞ることを、優先させることにした。

意外に簡単に見つかったのは、木崎が、別に、それを隠す気がなかったからだろう。いや、むしろ、自慢にしていた気配があった。

木崎が入っていたグループの名前は「ＪＰＣ」で、これは、日本ポルシェクラブのイニシャルらしい。

日本という名称がついていたが、二十八人の会員は、東京と、その近県の人間だけだった。

まだ、ポルシェを持つ人は少ないせいか、名簿にあった名前のなかには、有名タレントや、政治家の名前もあって、小坂井を、驚かせた。

「このなかに、犯人がいるのかねえ」

小坂井は、名簿の名前を、見ていきながら、呟《つぶや》いた。

「今度の犯人は、赤いポルシェに乗っています。幸い、この名簿には、住所と、電話番号が出ていますから、赤いポルシェだけを、チェックしてみましょう」

と、佐々木が、いった。

「それは、やってもらいたいが、電話はやめるんだ。相手を警戒させてしまうからな」

「わかっています」

佐々木は、胸を叩《たた》いた。

佐々木は、若手の七人の刑事たちに、カメラを持たせ、二十八人のメンバーのポルシェを、カラーで、撮ってくることを、指示した。メンバーのうち、木崎は、すでに死んでいるから、二十七人のメンバーのである。

若い刑事たちは、それぞれに、望遠レンズつきのカメラや、あるいは、超小型カメラを持って、出かけて行った。

一人が、四人のメンバーを受け持って、走りまわった。

二日間で、二十七人全員のポルシェを、撮り終わった。

黒板に、二十七人の名前が書かれ、その下に、現像、焼き付けた写真を、ピンで、留めていった。

赤いポルシェは、あまり多くなかった。

二十七台のうち、六台だけだった。あとは、白が十三台、黒二台、シルバー二台、イエロー一台、茶一台、グリーン一台、ゴールド一台である。

「赤いポルシェは、六台だけか」

小坂井は、ちょっと、拍子《ひようし》抜けした顔で、佐々木を見た。

このなかに、犯人がいるのなら、簡単に、洗い出せるのではないか。

あとは、証拠をつかむだけでいいのだ。

小坂井は、六人の名前を、見ていった。

年齢と、職業も、書いてある。

一番若いのは、学生の十九歳。恐らく、木崎と同じで、甘い両親が、買い与えたものだろう。

そんなことを想像すると、小坂井は、また、腹が立ってくる。

プロ野球選手の名前も見える。

若手のタレント。一番の年長者は、四十八歳で、宝石商と、書いてある。

東京ナンバーが五台。残りの一台が、埼玉ナンバーで、これは、木崎の写真に写っていたポルシェである。

「これから、どうしますか？　まさか、一人ずつ、引っ張って来て、訊問《じんもん》するわけにもいかんと、思いますが」

と、佐々木が、きいた。

「証拠もなしに、そんなことは、できないよ」

と、小坂井は、いってから、

「第一と、第二の事件は、いずれも、日曜日の夜に起きている。次に起こるとすれば、また、日曜日だろう」

「そうですね。次の日曜日は、三日後です」

「その日、この六人を、徹底的に、監視するんだ。捜査員を増やして、二人で、組んで、一台ずつ、監視する。絶対に、まかれちゃいかん」

と、小坂井は、いった。

三日間、捜査は、進展を見ないままに、過ぎて、日曜日になった。

小坂井は、佐々木たち十二人の刑事を前に、朝から、檄《げき》を飛ばした。

「少し早いが、今から、問題の六人のポルシェの、監視に当たってもらう。徹底的に、つけて、まかれるな。一台は、埼玉ナンバーの車だが、埼玉県警には、話を通してあるから、安心して、動いてくれ」

「それから、少しでも、異常が起きたら、すぐ、連絡すること」

と、佐々木が、つけ加えた。

刑事たちが、覆面パトカーで、出かけてしまうと、小坂井は、がらんとした部屋に、一人、残って、もう一度、黒板を見つめた。

（今日が、勝負だな）

と、小坂井は、自分に、いい聞かせた。

こういう変質的犯人は、一回、二回と、女性を襲ったら、急には、やめられないものだ。

必ず、今夜も、犯人は、女を襲うに違いない。その瞬間を、逮捕すれば、この連続殺人事件は、解決する。

目的の赤いポルシェに、食らいついた刑事から、次々に、連絡が入ってきた。

六台のうち、一台のポルシェは、刑事が、その家に行った時は、もう、車庫になかった。

「行く先が、わかりません」

と、おろおろした声で報告して来た刑事を、小坂井は、叱り飛ばした。

「そんな泣きごとをいっている間に、探すんだ。暗くなるまでに見つけられなかったら、お前たちは、警察を、辞《や》めろ！」

その一台も、午後になって、見つけ出した。

六台の赤いポルシェには、確実に、刑事たちが、張りついた。

その動きは、逐一、捜査本部にいる小坂井のところに、報告されてきた。

それでも、小坂井は、いら立っていた。

理由は、いくつかあった。

第一は、すべてのポルシェを、把握《はあく》していないことからくる不安だった。

木崎の加入していたＪＰＣのポルシェは、見張っているが、このグループ以外の車だったら、手の打ちようがないのである。

第二は、過去の二つの事件では、赤いポルシェが目撃されていて、小坂井たちは、それが、犯人のものと考えているが、それが、間違っている場合も、考えられるのだ。

第三は、小坂井の性格だった。

小坂井は、優秀な刑事だが、自分以外の人間を、信用していないというところがある。佐々木刑事を、一応、信頼はしているが、それでも、最終的には、不安を持って、見ていたし、他の刑事たちに対しては、なおさらだった。

だから、六台の赤いポルシェを、監視しているといっても、ひょっとして、まかれてしまうのではないかという不安がある。

できれば、自分で、六台の赤いポルシェを監視していたいのだが、そういうわけにもいかなかった。

少しずつ、陽が落ちて、周囲が暗くなってくる。

夕食が運ばれて来たが、小坂井は、箸《はし》をつけず、ポルシェの監視に当たっている刑事たちを、無線電話で呼び出しては、しっかり見張れと、怒鳴りつけた。

ちょうど、部屋に入って来た捜査本部長の浜田《はまだ》が、見かねたように、

「もう少し、部下を信頼したらどうかね？」

と、声をかけてきた。

「信頼はしています。一応ですが」

「それなら、彼らに、任《まか》せておいたら、いい」

と、本部長は、いった。

だが、小坂井は、首を横に振って、

「彼らは、まだ、一人前じゃありませんよ。それに、すぐ、楽をしたがる。だから、絶えず、怒鳴りつけていなきゃ、駄目なんです」

「君が、怒鳴るんで、かえって、彼らが、萎縮《いしゅく》してしまうことだって、あるだろう？　そうじゃないかね？」

「そんな弱い奴は、辞めればいいんです」

と、小坂井は、吐き捨てるようないい方をした。

本部長は、何かいいかけたが、いっても無駄だというように、大きく、肩をすくめて、部屋を出て行った。

小坂井は、それだけ、優秀だと認められていたが、一方で、上司に、煙たがられてもいたのである。

しかし、そんなことには、お構いなしに、時刻は、過ぎていき、夜が、深くなって、いった。


午後十一時。

だが、車の中の二人は、時間を忘れていた。

京王多摩川《けいおうたまがわ》近くの土手の上に車を停め、長田《おさだ》と恋人の北条《ほうじよう》みち子は、抱き合っていた。

あたりに、他の車はなかったし、この時間では、散策の人影もなかった。

最初は、遠慮がちだった長田も、次第に、大胆になって、みち子のパンティを引き下げ、指先を、滑りこませていった。

すでに、十分に、濡れている。

みち子の喘《あえ》ぐ息が、長田に、伝わってくる。

長田のもう片方の手が、彼女の乳房をつかんだ時だった。

突然、大きな音と共に、車の窓ガラスが、叩き割られた。

「あっ」

と、長田が、声をあげて、みち子を抱いたまま、振り向いた時、その顔めがけて、硬い金属の棒が、打ち下ろされた。

強烈な痛みが走り、眼の前が、真っ暗になった。

長田は、そのまま、気を失った。

彼が、意識を取り戻した時、助手席に、みち子の姿は、なかった。

長田は、まだ残っている頭の痛みを、こらえながら、車内灯のスイッチを入れた。

「おい！　みち子！」

と、呼んだ。

その自分の声が、傷に響いて、長田は、顔をしかめたが、そんな痛みは、問題でなくなっていた。

長田は、ドアを開け、ふらつきながら、車の外に出た。

「みち子！」

と、大声で、叫んだ。

車の周囲を、夢中で、探した。

土手の上を探し、月明かりのなかで、河原にも下りてみた。

だが、恋人の姿は、どこにもない。

長田の顔色は、蒼白《そうはく》だった。自分を殴った奴が、みち子を、連れ去ったのだ。

長田は、一瞬、どうしていいかわからなかった。

（すぐ、警察に）

と、思ったのだが、みち子は、人妻である。

今夜も、午前二時頃まで、夫が、残業で帰らないと聞いて、車で、誘い出したのだ。

（弱ったな）

長田は、頭を抱えた。

みち子のことも心配だが、彼女とのことが、新聞ダネになった時のことも、長田は、心配だった。

今の勤め先は、プライベートな問題には、干渉しないといっているが、それでも、不倫が公《おおやけ》になれば、辞めなければならなくなるかもしれない。

長田の顔から、血の気が引いてしまっていた。

（とにかく、彼女を、探さなければ――）

と、思い、車に戻ると、長田は、必死になって、車のライトを使って、周囲を探した。

相手も、車を持っていて、みち子を、遠くへ連れ去ったかもしれないのだ。

長田は、土手の上を、車を徐行させながら、眼を、皿のようにして、探した。

時間は、容赦《ようしゃ》なく、たっていく。午前一時を過ぎ、午前二時が、近くなった。

みち子のことより、彼女の夫が、残業から帰ってくる時間だということのほうが、気になった。

（きっと、騒ぎ立てて、警察にいうかもしれない）

どうしたらいいんだろう？

（おれのマンションで、会えばよかった——）

そう思っても、もう、どうにもならない。

それに、もう、他のどこを探したらいいのかも、わからなかった。

長田は、車の運転席にへたりこんで、しばらく、考えこんでいた。

このまま、自宅マンションに帰って、知らん顔をしていようかとも、思った。

しかし、みち子のことも、心配なのだ。相手は、乱暴な人間である。どうなっているかわからない。

長田は、車を走らせ、公衆電話ボックスを見つけると、そこから、一一〇番することにした。

「京王多摩川の土手の上から、女の人が連れ去られるのを見たんです。心配ですから、すぐ、調べてください」

と、長田は、いった。

「あなたの名前を、教えてください。今、どこにいるんですか？」

「僕は、ただ、目撃しただけです。早く、探してください！」

長田は、叫んだ。

「くわしい話を聞きたいのですよ。その女性の顔立ちや、服装を、教えてください。連れ去った人間の特徴も教えてください」

「女の人は、身長一六〇センチくらいで、ピンク色の服を着ていましたよ」

「連れ去った人間は？」

「わかりませんよ。とにかく、早く探してください！」

大声で、いって、長田は、電話を切って、自分の車に戻った。

これで、警察は、みち子を、探してくれるだろうか？

長田が、車で立ち去って、五分後に、パトカーが、公衆電話ボックスに、横づけになった。

一一〇番は、かけた人間が、電話を切ってしまっても、つながったままになっているからである。

パトカーに乗っていた二人の警官は、空《から》の電話ボックスに眼をやった。

「いないな」

「とすると、いたずら電話か」

「とにかく、多摩川沿いに、走ってみよう」

と、一人がいい、パトカーは、ゆっくりしたスピードで、土手に向かって、動き出した。

青白い月明かりに、多摩川の川面《かわも》が、光って見える。

その狭い川筋を横目に、パトカーは、時速十五キロぐらいのスピードで、土手の上を、走った。

時々、止めては、河原を、懐中電灯で、照らしてみる。

「何もないな」

「ああ、何もないね」

そんな会話が、しばらく、続いた。

土手の上を、三十分ほど走ったところで、急に、二人の警官の会話が、変わった。

一人が、河原の草むらに、何か、白いものを、見つけたからである。

二人は、パトカーを出て、土手を、駆け下りて行った。

二人の持った懐中電灯の光が、交錯した。

河原の草は、思ったより、高く、密生している。

彼らは、足で、踏みしめるようにしながら、白いものが見えた地点へ向かって、突進した。

「人間だ！」

と、一人が叫んだ。

白く見えたのは、下着だったのだ。顔は、草に隠れて、沈んでいた。

二十五、六歳に見える女だった。ワンピースの裾《すそ》はめくれ上がり、パンティが、ずり下げられている。

「ひどいな」

と、警官の一人が、呟いたのは、むき出しになった女の下腹部に、雑草が、押しこまれていたからだった。

若いほうの警官は、黙って、見下ろしていたが、年かさのほうが、めくれ上がったワンピースを、下ろしてやった。

「首を締められている」

と、年かさが、いった。

「一一〇番してきた男がいった女かな?」

「恐らくね」

と、年かさの警官はいい、同僚に、見張っているように注意してから、パトカーのところに戻った。

無線電話で、報告した。

「女が一人、殺されていました。多摩川の河原です。年齢二十五、六歳。身長は一六〇センチくらいと思います。ピンクのワンピースを着ています」

小坂井が、多摩川での事件を知ったのは、死体が発見されてから、一時間後だった。

小坂井は、すぐ、六台の赤いポルシェを監視している部下の刑事たちに、連絡をとった。

だが、どのポルシェも、きちんと、監視されているという。

「間違いないのか！」

と、小坂井は、その一人一人に向かって、怒鳴った。

「間違いありません。眼の前に、ポルシェは、停まっています」

と、佐々木は、いい、別の刑事は、

「私の担当したポルシェは、まだ、車庫の中です」

と、いった。

「だが、第三の事件が起きたんだ！」

小坂井は、怒鳴り続けた。彼の不安が、適中してしまったのか、それとも、これは、まったく別の犯人なのだろうか？

小坂井は、佐々木刑事に、京王多摩川の河原に来るように、指示しておいて、パトカーで、現場に急行した。

小雨が降り出し、それが、小坂井の気持ちを、一層、重いものにしていた。

現場には、佐々木のほうが、先に着いていた。彼の監視していたポルシェが、調布市《ちょうふ》内に住む若いタレントのものだったからである。

投光機の強烈な明かりの下に、被害者が、横たわっていた。

「殺害の方法は、前の二件と同じで、絞殺です」

と、佐々木が、小坂井に、報告した。

「違うのは、あの雑草か」

「そうです。ひどいことをするものです」

「なぜ、犯人は、あんなことをしたのかな?」

「わかりません。犯人の変質的な性癖のせいなのか、それとも、被害者を、よほど、憎んでいたのか」

「被害者の身元は、わかったのか?」

「まだですが、一時間半ほど前に、男の声で、女が連れ去られたから探してくれという一一〇番があったそうです。服装などは、一致しています」

「その男の名前は、わかっているのか?」

「いえ、男は、姿を消してしまったそうです。どうやら、不倫の関係じゃないかと思います」

と、佐々木は、自分の感想を、いった。

被害者の身元は、夜が明けてから、わかった。

世田谷区北烏山《きたからすやま》に住む北条淳《じゅん》という三十歳のサラリーマンから、妻のみち子が、外出したまま、朝になっても戻らないという捜索願が、警察に出され、その人相や、服装が、被害者のものと一致したからである。

北条みち子、二十六歳。人妻であることも、前の二件と違っていた。

（犯人も違うのだろうか？）

捜査会議が、開かれた。

そこで、問題になったのは、第三の事件が、前の二件と同一犯人によるものかどうかということだった。

「手口は、よく似ているね」

と、捜査本部長の浜田が、いつもの冷静な口調で、いい、似ている点を、黒板に列挙していった。

○日曜日の夜に、犯行が起きている。
○狙われているのは、いずれも若い女である。
○いずれも、絞殺である。
○暴行寸前までいっているが、果たされていない。

違う点も、あった。

○前の二件は、独身の女性が襲われたが、今度は、人妻である。
○今回は、女性の局部に、雑草が、押しこまれている。
○今のところ、付近で、赤いポルシェを見たという目撃者は、まだ、現われていない。

「君の考えを聞きたいね」

と、浜田本部長は、小坂井を見た。

「私は、同一犯人だと、確信しています」

小坂井は、いつものように、断固とした口調で、いった。

「その根拠は、何だね？」

「この犯人は、心の病いなんです。一週間は、自分を抑《おさ》えられるが、日曜日には、爆発する。それで、日曜日ごとに、事件が、起きているんです。それが急に治まって、別の人間が、同じことをやったとは、とうてい思えませんな」

「今度の被害者が、人妻だったのは、偶然だというわけかね？」

「そうです。この犯人は、若い女なら、誰でもいいのかもしれません」

「局部に、雑草が押しこまれていることはどうだね？」

「わかりませんが、犯人は、前の二件で、明らかに、暴行の意志を持っていながら、果たせずにいるのは、恐らく、生まれつきの不能なのか、いざとなった時に、役に立たなくなるかでしょう。今度の事件では、そのいら立ちが、あんな行為になったんだと、私は、思っています。あるいは、捜査の攪乱《かくらん》を、狙ってでしょう」

「君は、いつも、断定的にいうが、自信があるのかね？」

「もちろん、あります」

と、小坂井は、いった。

「赤いポルシェの件は、どうだね？」

浜田は、多少、意地になって、小坂井に、きいた。

「二つ考えられますね。まだ、目撃者が、見つからないだけかもしれないし、犯人が、危険だと思って、別の車を、使うことにしたのかもしれません。いずれにしろ、同じ犯人であることは間違いありませんよ」

「他に、意見はないかね？」

と、本部長は、刑事たちの顔を、見まわした。

小坂井は、そんなものは、あるはずがないという顔で、じろりと、刑事たちを、ねめまわした。

案の定、反対の意見を口にする者は、いなかった。

「では、同一犯人の線で、追ってくれ」

と、小坂井が、大きな声で、いった。

第三の事件でも、まず、聞き込みが、徹底して行なわれた。

その結果、二つのことが、わかった。

一つは、現場近くで、白い車を見たという目撃者が、出てきたことだった。

どうやら、白いスポーツカーらしい。

もう一つは、被害者が、車で、デイトしていた男の名前が、わかったことである。

いわば、不倫の相手の名前である。小坂井は、長田実《みのる》という二十五歳のサラリーマンを、引っ張って来させた。

小坂井は、こういう男が、大嫌いだった。そして、当然のこととして、扱いが、荒っぽくなる。

「お前さんが、殺したようなもんだ。それはわかっているんだろうな?」

と、小坂井は、長田に向かって、いきなり、浴びせかけた。

長田は、青い顔で、

「そんな。僕も、被害者ですよ」

と甲高《かんだか》い声で、主張した。

小坂井は、顔をしかめて、

「お前さんが、あんな場所へ誘い出さなければ、殺されずに、すんだからだよ」

「でも、僕は、犯人に、いきなり、鉄棒みたいなもので、殴られたんですよ。不可抗力ですよ」

「そんなもの、誰も見てないんだ。ひょっとすると、お前さんが、犯人かもしれんじゃないか」

「とんでもない。僕が、なぜ、彼女を殺さなきゃならないんですか？」

「女に、振られた腹いせかな」

「やめてくださいよ。僕じゃありませんよ」

「それなら、何もかも、正直に、話すんだ。彼女を、よく、あんな場所へ、連れ出していたのか？」

「いつもじゃありませんよ。車の中は、二度目です」

「日曜日だろう。彼女の旦那は、会社が休みじゃなかったのか？」

「働くのが好きな人なんですよ。それで、日曜日でも、仕事があると、いそいそと、出勤して行くんだそうです。それも、彼女には、不満だったんじゃないですか」

長田は、他人事《ひとごと》みたいないい方をした。

小坂井は、そんな男の態度に、舌打ちしながら、

「それじゃ、最初から、話してみろ。襲われた時の様子だ」

と、いった。

「二人で、車の中にいたら、いきなり、窓ガラスを割られたんですよ」

と、長田は、いった。

「抱き合っていたら、だろう？」

「ええ。まあ」

「嘘をつくんじゃない！」

小坂井は、大きな拳《こぶし》で、机を叩《たた》いた。

長田は、怯《おび》えた顔になりながら、

「僕は、亡くなった彼女のことも考えて――」

「きれいごとをいうんじゃないよ。どっちにしろ、やりたくて、彼女を誘い出したんだろう。それで、窓を割られて、どうしたんだ？」

「あっと思って、振り返った時、頭を殴られたんです。まだ、その傷が残っています」

と、長田は、そのあたりを、指さした。なるほど、傷が残っている。

「名誉の向こう傷か」

と、小坂井は、皮肉な眼つきをしてから、

「真正面から殴られたんなら、犯人の顔は、ちゃんと、見ているんだろうな？」

「見えるわけないでしょう。振り向いた瞬間、殴られたんだから」

「見てないって！」

「ええ。見てませんよ」

「この野郎。眼は、何のためについてるんだ！」

と、小坂井は、怒鳴った。

「何といわれても、見てないものは、見てないんですよ。車の窓ガラスを割られて、そのうえ、殴られたんです。だから、いってるじゃありませんか。僕も、被害者だって」

と、長田は、口をとがらせた。

「何が、被害者だ。ただ殴られて、気を失って、その間に、彼女を、奪われて、殺されただけだろうが」

小坂井は、腹立たしげに、長田を、睨《にら》んだ。

「僕は、警察に協力しようと思って、やって来たんですよ。こんなにバカにされるんなら、帰りますよ」

「帰って、どうするんだ？　被害者の旦那に、謝りに行くのか？」

と、小坂井が、からかい気味に、きいた。

長田は、青い顔で、黙ってしまった。

「いいか。生意気なことはいわずに、必死になって、思い出すんだ。殴られた瞬間のことだ。お前さんは、何も見てないといってるが、何か見てるはずだよ。何でもいいから、思い出せ。それが、仏さんに対する、せめてもの供養だろうが」

と、小坂井は、いった。

「そんなことをいっても――」

「何か思い出すまで、ここから、帰さんぞ。早く帰りたかったら、何か、思い出すんだ!」

「――」

長田は、黙りこんでしまった。

(これは、我慢比べだな)

と、小坂井は、思った。この男は、きっと、何かを見ているに違いないのだ。それを思い出せば、解決の手がかりになるのではないか。

容疑者一号

一時間近くたってから、長田は、疲れたような声で、

「そういえば――」

「そういえば、なんだ？　何か、思い出したのか？」

小坂井は、長田の肩に手を置いて、先を、促した。

「夢かもしれないんです」

「夢でもいいから、何かを見たんなら、いうんだ」

「男の顔を見たような気がします。でも、あれは、夢だったのかもしれません。なんだか、ぼんやりとしか、覚えていませんから」

と、長田は、いう。

「とにかく、その時、男の顔を、見たんだろう？　違うのか？　はっきりするんだ」

「見たのは、見たんです」

「よし。どんな男だったんだ？　覚えていることだけでいいから、いってみろ」

「でも、車内の明かりは、消えていたから――」

「男だったのは、確かなんだろう?」

「ええ。男です。男の顔が、僕を覗《のぞ》くように見たんです」

「それは、殴《なぐ》られたあとかね? 殴られる瞬間かね?」

「わかりません。その点が、ぼんやりしているんです」

「まあ、いいだろう。男の顔が、覗きこんだんだな。若かったか、それとも、年寄りだったかね?」

「わかりません」

「またか」

と、小坂井は、舌打ちしてから、

「大きい男か、小さい男かぐらいは、わかるだろう。どっちだったね?」

「大きかったと思います。怖かったから――」

「オーケイ。大男だな。そいつは、何かいったのか?」

「何もいわずに、僕を見ていたんです」

「たぶん、君を殴りつけてから、どうなったか、見ていたんだろう。眼鏡《めがね》は、かけていたかね? それとも、眼鏡なしか?」

と、小坂井は、きいた。

「たぶん――」

「たぶん、なんだ？」

「顔のところが、光ったんです。あれは、眼鏡のガラスだと思います」

「じゃあ、相手は、眼鏡をかけた大きな男ということになる。それでいいんだな？」

小坂井は、性急に、長田に、いった。

「そうですけど、あれは、夢だったのかもしれません」

と、長田は、自信のない顔で、いった。

「それは、われわれが判断するよ。他に、その男のことで、覚えていることはないのかね？」

と、小坂井が、迫った。

長田は、また、考えこんでしまった。

「金色みたいな――」

と、長田が、呟《つぶや》いた。

「何が、金色なんだ？」

「相手の手首で、何か、金色に光ったんです」

と、長田が、いう。

「ちょっと待て。相手の手首というと、その男は、手を伸ばしたのか？」

と、小坂井が、きいた。

「そうなりますか?」

「そうだろうが。いいかね、君は、運転席だ。男は、車の外にいた。その男の手首が見えたということは、男が、車の中に、手を突っこんできたことになるんだよ」

「ええ」

「それで、君は男の手首を見たんだ。金色というのは、恐らく、金のブレスレットだろう」

と、小坂井は、断定した。

「でも、なぜ、犯人が――」

長田は、自分でいっておいて、自分で、戸惑《とまど》っているようだった。

「それは、こういうことだよ。犯人は、いきなり、君をスパナか何かで、殴りつけた。そのあと、君が死んだかどうか、調べたんだよ。顔を覗きこみ、そのあと、手で、君の脈を診《み》たんだろう。君は、殴られて、気を失ったといっているが、その時は、かすかに、意識が残っていたんだな。だから、ぼんやり、男のことを、覚えているんだ」

「犯人以外の人かもしれませんが――」

と、長田が、いった。

「バカなことをいうな。犯人じゃなければ、すぐ、警察に知らせてるだろうが」

小坂井は、叱りつけるようにいった。

「そうでしたね」

「君は、危《あや》うく、助かったんだよ。その時、君の意識が、はっきりしていて、悲鳴でもあげていたら、君は、殴り殺されていたかもしれないからね」

「脅かさないでください」

「脅かしじゃないさ。犯人は、もう、三人も殺しているんだからな」

と、小坂井は、いってから、

「そのあと、男は、どうしたんだ？」

「そこで終わりです。きっと、本当に、気を失ったんでしょう」

「車の走り去る音は、聞かなかったかね？　ポルシェの音だ」

「覚えていません」

「他には、何か、覚えてないのか？」

「ええ。あとは、気がついてから、隣りに、彼女が、いなかった――」

「探したが、見つからなかったんだな？」

「そうなんです。必死で、探したんですが――」

長田は、肩をすくめるようにして、いった。

「また、何か思い出したら、すぐ、連絡してくれ」

と、小坂井は、いい、長田を帰すことにした。

(これで、犯人の輪郭《りんかく》ができたが)

長田の証言には、あいまいなところはあるが、一瞬、男の顔を見たのは、本当だろうと、小坂井は、確信した。

凶器は、何かわからない。が、車が使われていることから考えて、スパナだろう。あるいは、ハンマーか。

被害者の車の窓ガラスを叩き割ったことから考えて、かなり、力のある男だということが想像される。

手首に、金のブレスレットをはめている。

かなり大きな男である。恐怖感から、実像以上に、相手が、大きく見えたことが考えられるが、小さい男でないことは、確かだろう。

眼鏡をかけている。

これも、間違いないと思うが、今のところ度のついた眼鏡なのか。サングラスなのか判断がつかない。夜だが、サングラスをかけている人間は、いくらでもいるからである。それに、犯罪者なら、顔を隠そうとしてサングラスをかけることが多いはずだ。

小坂井は、部下の刑事たちを前に、黒板に、その三つを書きつけた。

大男
眼鏡（サングラス）
金のブレスレット

「犯人は、この三つの条件を備えた男だ。それに、前の二件では、赤いポルシェに、乗っていたと思われる。ただし、われわれがマークした六台の赤いポルシェは、違っていた。それを除外する」

「ポルシェの件は、どうしますか？」

と、佐々木刑事が、質問した。

「二つ考えられる。ＪＰＣの会員に入っていないポルシェの持ち主ではないかということもあり得るだろうし、最近他の車に買い替えたＪＰＣの人間かもしれないということだ」

と、小坂井は、いった。

若い安原《やすはら》という刑事が、手を上げて、

「最近、車の塗装の色を、変えたかもしれません。赤いポルシェのことは、新聞にも出ましたから、犯人は、あわてて、自分の車の色を、塗り変えた可能性があります。ＪＰＣの会員のなかで、われわれが調べた時は、赤いポルシェではなかったとしても、それ以前に、赤い車だったものも、調べ直してみる必要があるんじゃないかと思います」

といった。

小坂井は、「うん」と、うなずいて、

「いいところに気がついた。もう一度、ＪＰＣの人間を、調べ直してくれ。赤以外のポルシェの持ち主をだ」

と、いった。

京王多摩川の周辺での聞き込みから、一つの収穫があったのは、翌日である。

問題の土手ではないが、十メートルほど離れた道路に、犯行時刻近く、一台の車が停まっているのを見たという証言である。

その目撃者の証言によれば、その車の色は、黒だった。

小坂井は、迷った。

前に、白いスポーツカーを見たという目撃者が、見つかっていたからである。

どちらが、今度の犯罪に関係があるのか、すぐには、判断がつかなかった。

小坂井は、二つの証言を比べてみた。

白いスポーツカーの目撃者は、十九歳の浪人生だった。

名前は、三浦健《みうらけん》である。

現場近くのアパートの二階に住んでいて、午前三時頃まで、受験勉強をしていたが、時々、息抜きに、窓を開けて、外を見た。その時、通りの向こう側に、白いスポーツカーが停まっていたというのである。

その場所は、土手の上ではないが、現場からは、五十メートルくらいしか、離れていない。

「乗っている人間は、見えたかね？」

と、小坂井は、三浦に、きいた。

「いいえ。見えませんでした。乗っていなかったんじゃないかな」

と、三浦は、いう。

「君が、見たのは、何時頃だったんだ？」

「二回見たんです。日曜日の夜の十時頃と、十一時頃です」

「二回とも、同じ場所に、停まっていたんだね？」

「そうです」

「その場所は、暗かったかね？」

「ええ。暗い場所に停めてありました」

「それで、なぜ、白いスポーツカーと、わかったんだ？」

「十一時頃の時、見ていたら、他の車が、通ったんです。そのライトで、白いスポーツカーだと、わかったんですよ」

「日本の車かね？　それとも、外国の車かね？」

と、小坂井は、大事なことを、きいた。

三浦は、少し考えていたが、

「あれは、たぶん、ポルシェだったと思いますね。いつだったか、写真で見て、乗ってみたいと思っていたのと、同じだったから」

と、いった。

もう一人の、新しい目撃者は、夜釣りの老人だった。

七十歳で、小柄だが、元気な男だった。

彼も近くの道路に、車が停まっているのを見たという。

「日曜日の夜だったよ。十一時頃じゃなかったかな」

と老人は、いった。

「車の色が、黒だというのは、間違いないのかね？」

と、小坂井は、きいた。

「ああ、黒だった」

「誰か、乗っていたかね？」

「暗くて、見えなかったよ」

と、老人は、いった。

「どんな車だったのかね？」

の
だ。
　犯人は一人なのだから、どちらかが、犯人で、もう、一台の車は、事件に無関係なの
　小坂井は、二つの車を比べてみた。
「高級そうな大きな車だったよ」

だ。

　小坂井は、黒板に、二台の車が停まっていたという地点を、地図に描いた。

　横に、多摩川の土手が続き、それに、斜めにぶつかる道路がある。

　道路の周辺は、以前は、一面の田や畑だったところで、住宅が建てられている現在も、その名残《なごり》のように、ところどころに、空地が見える。

　黒い自動車は、土手に近い方に、停まっていたことになり、白いスポーツカーは、その車から、四十メートルほど後方に、停まっていたことになる。

「私としては、この白いスポーツカーのほうを、問題にしたいと思う。目撃者によれば、このスポーツカーは、国産ではなく、外国製らしかったというのだ。ポルシェだと思う、と。そこで、ＪＰＣのポルシェのなかで、最近、色を塗り変えたか、買い替えた人間がいないかどうか、調べるんだ」

　と、小坂井は、部下の刑事たちに、いった。

　彼の予感は、適中した。

　ＪＰＣの会員のなかに、最近、車を買い替えた男がいたのである。

前に乗っていたのは、赤いポルシェ911だったが、今度、新しく買ったのは、同じポルシェ911でも、白塗装の新車だった。

買い替えたのは、先週の月曜日。第二の殺人のあった翌日である。

小坂井は、佐々木刑事を連れて、この男に会いに出かけた。

男の名前は、石崎駿《いしざきしゅん》。二十八歳である。

四谷《よつや》三丁目の男のマンションに、覆面パトカーで向かいながら、佐々木が、

「この男でしょうか?」

と興奮した調子で、きいた。

「恐らくな。会ってみれば、わかるはずだ」

小坂井は、怖い顔で、いった。

事件が、核心に近づくと、気難しくなるのは、小坂井の癖だった。

四谷三丁目から、二十メートルほど、信濃町《しなのまち》方向に入ったところにあるマンションだった。

都心のマンションには珍しく、駐車場があって、いろいろな車が、並んでいる。

「あの車のようですね」

と、佐々木が、パトカーを止めてから、駐車場に置かれた白いポルシェを、指さした。

五〇六号室、石崎と、コンクリートの地面に、ペンキで、書かれてある。

「五〇六号室か」

と、小坂井は、呟きながら、佐々木と、エレベーターで五階へ上がって行った。

職業は、「団体役員」と、あったが、どういうものか、よくわからない。

小坂井は、どんな男だろうと思いながら、インターホンを、押した。

ドアが開いて、男が、顔を出した。

薄いサングラスをかけた、大きな男である。

一八〇センチは、楽にあるだろう。

小坂井は、警察手帳を示し、

「石崎さんだね？」

「そうですが？」

と、石崎は、うなずいたが、突っ立ったまま、小坂井を見、佐々木を見た。

「ちょっと、話を聞きたいんだがね」

と、小坂井が、いうと、石崎は、

「どうぞ」

と、身体を開いて、二人を、中に招じ入れた。

十八畳ぐらいある広い居間である。床は、大理石の薄板を貼ってあって、冷たく、光っている。

団体役員というのは、どういう仕事なのか、よくわからなかったが、金にはなるのか、居間には、古い鎧《よろい》や、日本刀などが、飾られている。

棚に置かれた壺《つぼ》も、高価な感じだった。

「人手がないので、おもてなしはできないが、どんなご用件ですか？」

と、石崎は、ソファに腰を下ろしてから、小坂井に、きいた。

「十月十八日の日曜日の夜ですが、どこにおられました？」

小坂井は、いきなり、きいた。

石崎は、「この間の日曜日ですか」と、小声でいいながら、ポケットから、パイプを取り出した。

それを、もてあそびながら、どう答えたものか、思案している感じだった。

「家で、ライフルの手入れをしていたと思いますよ」

と、石崎は、いった。

「ライフルを、お持ちなんですか？」

「ええ。趣味でね。もちろん、ライセンスは、持っています」

石崎は、立ち上がると、奥から、イギリス製のライフルを持って来て、それを、小坂井と、佐々木に見せた。

小坂井は、拳銃の射撃訓練を、定期的にやっているが、ライフルを射ったことはない。

石崎から受け取って、構えてみた。さすがに、拳銃と違って、ずっしりした重量感がある。

「いつも、手入れをなさるんですか？」

ライフルを返しながら、小坂井は、きいた。

「一週間に、一度くらいですよ。ウイスキーをそばに置いて、ゆっくりと、手入れをする。酒が美味《おい》しくなりますね」

石崎は、ニッコリした。

「日曜日の夜は、ずっと、ライフルを、いじっておられたんですか？」

「そうですよ」

「外出はなさらなかった？」

「ええ。していませんね」

石崎は、表情を変えずに、いった。

「実は、日曜日の夜、あなたを、多摩川で見たという人間がいるんですがねえ」

と、小坂井は、いい、相手の反応を見つめた。

石崎は、すぐには返事をせず、パイプをくわえたまま、ライフルの銃口を、小坂井に向けた。照尺《しょうしゃく》の向こうから、じっと狙《ねら》い、かちっと、引金《ひきがね》を引いてから、

「それは、何かの間違いでしょう。僕は、日曜日の夜は、ずっと、家にいましたからね」

と、落ち着いた声で、いった。

「石崎さんは、ポルシェをお持ちですね?」

小坂井は、質問を変えた。

「ああ、持っていますよ」

「前は、赤いポルシェをお持ちだったんじゃありませんか?」

「よく知っていますね。買い替えたばかりです」

「なぜ、買い替えたんですか?」

と、小坂井がきくと、石崎は、笑って、

「なぜといわれてもねえ。古くなったからというより仕方がありませんね。ただ、僕は、ポルシェが好きなんで、今度の車もポルシェにしましたが」

「色が、白になりましたが、赤をやめたのは、何かわけがあるんですか?」

「あきたんですよ。赤い色にね」

「あなたの、あの白い車が、日曜日の夜、京王多摩川に、停まっているのを見た人がいるんです。京王多摩川の河原で、女性が殺されたのを、ご存じでしょう?」

「ああ、新聞で見ましたよ。ひどいことをするものだと、腹が立ちましたがね」

と、石崎は、いってから、今、気がついたというように、

「まさか、僕が、その容疑者になっているんじゃないんでしょうね?」

「正直にいうと、あなたが、容疑者第一号というわけです」

　小坂井は、ニコリともしないで、いった。

「バカバカしい。なぜ、僕が、疑われなくちゃならんのです？」

「このところ、日曜日ごとに、若い女性が殺されています。新聞によっては、日曜日の殺人者と、呼んでいます。十月四日に、日比谷公園で、恋人と、待ち合わせ中の女性が殺され、十月十一日には、西新宿の中央公園で、近くに住む若い女性が殺され、先日の十八日は、京王多摩川の土手で、人妻が殺されました。前の二回の時、現場近くで、赤いポルシェが、目撃されている。今度は、白いポルシェです。あなたは、十月十二日の月曜日に、急いで、それまで持っていた赤いポルシェを売り払い、新しく白いポルシェを買った」

「なるほど、それで、疑われているわけですか？」

　石崎は、ニヤリと笑った。

（しらばくれやがって！）

　と、小坂井は、思いながら、

「何とも、あなたの行動が、不可解なのですよ」

「偶然ですよ、偶然。たまたま、前のポルシェが故障がちで、買い替えようと、思っていただけのことです。第一、自分が疑われているとわかったら、まったく別の車を買うはずじゃありませんか？」

「団体役員というのは、どんなことをされているんですか？」

と、小坂井は、また、話を変えた。

「僕は、正志会《せいしかい》に入っています」

石崎は、誇らしげに、いった。

「正志会？」

「堀江《ほりえ》正志先生の後援会です」

「元国務大臣の堀江さんですか？」

「そうです。先生は、将来、首相になる方です」

「なるほど。その正志会で、石崎さんは、どんなことをやっておられるんですか？」

「いろいろです。先生の講演会の準備をすることもあるし、会員の獲得にも動きまわりますしね」

「あなたの収入は、どうなっているんですか？　その正志会から、月給を貰っているんですか？」

と、小坂井は、部屋の中を見まわしながら、きいた。

「まあ、そういうことは、どうでもいいでしょう」

と、石崎は、笑った。

「そのライフルも、高価でしょうし、ポルシェは、確か、一千万以上する車でしょう。かなりの収入がなければ、こんな豊かな生活は、できないと思いますがねえ」

　小坂井は、意地悪く、いった。

　だが、石崎は、むしろ、自慢げに、

「まあ、他人《ひと》に恥ずかしくない生活はさせてもらっていますよ」

「金《きん》が、お好きなんですか？」

「金？」

「太い金のブレスレットをしていらっしゃるんですね」

　と、小坂井は、いった。

　石崎は、自分の右手に眼をやった。かなり太い、五十グラム以上ありそうな金のブレスレットが、右手首に、光っている。

　石崎は、ニヤッとして、

「これは、プレゼントされたもので、大事にしているんですよ。細工は、イタリアです」

　と、うれしそうに、いった。

「結婚は、されていないんですか？」

　今まで、黙っていた佐々木刑事が、ぼそっとしたいい方で、きいた。

　一瞬、石崎は、びっくりした顔で、佐々木を見てから、

「まだ、若いですからね。独《ひと》りでいるほうが、気楽ですよ」

「でも、恋人は、いらっしゃるんでしょう？」

「いや、いません。今は、仕事が生き甲斐《がい》でしてね。まあ、そのうちに、いい女《ひと》を見つけますよ」

と、石崎は、いった。

「もう一度、ききますが、十八日の日曜日の夜は、家におられたんですね？」

小坂井は、念を押した。

石崎は、急に、表情をかたくして、

「少し、くどすぎるんじゃないですか？　僕は、嘘《うそ》はついていないんだ。確たる証拠もなくて、犯人扱いするのは、無礼じゃないかね」

と、小坂井を、睨んだ。

（こいつは、嘘をついている）

と、小坂井は、思った。

だが、それを、嘘だと証明するのは、難しそうである。

十月四日、十一日の夜、事件の時、赤いポルシェを、目撃した人間がいた。

十月十八日の場合は、白いポルシェである。

そのナンバーを、覚えていてくれれば、石崎の車だと、断定できるのだが、覚えている目撃者は、いなかった。

その夜は、自宅にいたというアリバイも、崩しにくい。

精密に組み立てられたアリバイのほうが、かえって、崩すのが楽だし、一度、崩してしまえば、相手は、潔《いさぎよ》く、犯行を認めることが多い。

だが、家にいたというアリバイは、あいまいなだけに、崩すのが、骨である。独身の石崎の場合は、なおさらである。間違いなく、いたという証明も難しいだろうが、その逆も、難しいからである。

小坂井が、黙って、攻め手を考えていると、石崎は、それに、勢いを得たのか、

「女を襲うなんていうのは、女にもてなくて、困っている男のすることじゃないですか？こういっては、何だが、僕は、女に不自由はしていませんよ。金もあるし、ポルシェもある。黙っていても、女のほうから、寄って来ますからねえ」

と、いった。

小坂井も、その点は、認めないわけにはいかなかった。

冷静に見て、この石崎という男は、女にもてる要素を多分に、持っている。

長身で、まあ、ハンサムなほうだろう。金もあるようだ。

それに、最近の週刊誌で、「外車を持っていれば、女のほうから寄ってくる」と、得意げに話す若者たちの談話を、読んだことがあった。

ポルシェなら、普通の外車より、なお、威力があるに違いないのである。

若者たちは、食をつめても、車を持つ時代になった。だが、外車、それも、ポルシェを乗りまわしている若者は、少ないだろう。

小坂井と、佐々木は、いったん、撤退することにした。

「あいつは、嘘をついていますよ」

と、外へ出たところで、佐々木が、小坂井に、いった。

「君も、そう思うかね」

「四日も、十一日も、十八日も、夜は一人で、自宅マンションにいたというんでしょう。そんなこと、信じられますか？　日曜日の夜ですよ。車を持っている。金もある。それに若いのにです。それに、あの男は、一人で、静かに、本に眼を通すようなタイプでもありませんよ」

「いいことをいうね。同感だな。あの男の周辺を、徹底的に、調べよう。特に女性関係だよ」

刑事たちは、石崎の私生活の調査に、走りまわることになった。

本当に、女にもてているのか？

なぜ、まだ、結婚しないのか？

この二つを、主として、重点的に、調査対象とした。

刑事たちの調べたことは、次々に、小坂井の手元に、報告されてきた。

石崎は、代議士堀江正志の個人秘書めいたこともやっていて、時々、銀座《ぎんざ》のクラブへ、連れられて、飲みに行くことがある。

銀座でも、一流といわれる店で、そこのママと、ホステスの証言が、三つほど、集められた。

「石崎さんは、よほど堀江先生を尊敬しているとみえて、お店に来た時は、とても、静かで、飲むほうも、ほどほどにしていますわ」

これが、ママの証言である。

ホステス二人の証言は、少し違っている。

「確かに、堀江先生と一緒の時は、おとなしいけど、お友だちと飲みに来た時は、なかなか、騒がしいわよ。高いお酒を、がぶがぶ飲むし、ホステスをからかったりするわ。もちろん、ツケは、堀江先生のほうにまわしてね」

「あの人は、裏表があるのよ。堀江先生の前じゃ、猫かぶってるけど、仲間と来た時なんか、大変。女の子の取り合いで、他のお客と、ケンカしたこともあるしね」

と、二人のホステスは、いった。

石崎は、K大の経済を卒業している。刑事たちは、当時のクラスメイトにも、会って、話をきいた。

石崎について、いろいろな話を聞くことが、できた。

大学時代の親友という男は、石崎と、今でも時々会っていると、いった。

「彼は、見栄《みえ》っぱりなところがあるけど、殺人なんかできるとは、思えませんね。郷里が同じ松江《まつえ》ということで、堀江正志の後援会に入ったのだって、何とかして、政界に入りたいからですよ。今は、堀江の個人秘書みたいなことをしたりして、得意なんじゃないかな。彼は、意外に古いところがあるんで、政界の義理人情には、すぐ、入っていけたんだと思いますよ。女のことですか？　大学時代は、まあ、もてていたと思いますよ。よく、女の子と一緒にいたから。ただ、なぜか、長続きはしませんでしたねえ。彼自身は、おれは、気分屋で、浮気性なんだって、笑ってたのを、覚えていますが」

もう一人のクラスメイトは、次のように、証言した。

「二、三年前に、見合いしたって、聞きましたよ。相手は、何でも、会社の社長の次女とかいう話でしたね。なかなかの美人でした。写真を見ましたから。しかし、結局、駄目だったみたいですね。石崎のほうから、断わったみたいでしたよ」

男の像

小坂井は、部下の刑事たちから、そうした話を聞くと、まず、石崎と見合いをした女と、会ってみることにした。

女に絡《から》んだ事件だし、女のほうが、石崎という男を、正確に見ている可能性があるからである。

小坂井は、自分を古い男だと自認しているが、それでも、男の理屈より、女の直感のほうを、信用しているところもある。

女の名前は、吉田昌子《よしだまさこ》。旧姓林《はやし》と、わかった。

ある中堅電機メーカーの社長の次女で石崎と見合いをした時は、二十四歳だった。

小坂井は、一人で、成城《せいじょう》学園にあるマンションに出かけて行った。

九階建ての真新しいマンションの最上階に、吉田の表札がかかっていた。

昌子が、結婚した相手は、父親と同業の電機メーカーの社長の三男だと、聞いていた。

小坂井は、前もって、電話をかけておいたのですぐ、中へ通された。

小坂井から見れば、ずいぶんぜいたくな造りの部屋であり、飾りつけだった。

吉田昌子は、小坂井の想像とは、少し違った感じだった。

社長の娘で、甘やかされて育ったろうから、かなり、難しい性格ではないか、石崎が断わったのも、そのせいではないかと思ったのだが、実際に、会った感じは、むしろ、物静かな感じだった。

お手伝いもいないようだし、自分で、小坂井に、お茶をいれ、和菓子をすすめてくれた。

ただ、小坂井が、石崎の名前を出すと、昌子はさすがに、用心深い表情になって、

「あの人のどんなことでしょうか？」

ときいた。

「石崎さんと、お見合いをされたのは、間違いありませんか？」

「ええ。確か、父のお友だちの紹介でしたわ」

「うまくいかなかったんですね？」

「ええ」

「なぜですかね？」

小坂井は、直截《ちよくせつ》に、きいた。

「さあ」

と、昌子は、笑って、

「結局、ご縁がなかったということになると思いますけど」

「見合いのあと、つき合いはなさったんですか？」

「ええ。一カ月ほどですけど」

「それは、石崎さんが、希望してですか？」

「ええ。お仲人《なこうど》さんも、しばらく、つき合ってみないかと、いわれましたし——」

「あなたから見て、石崎さんというのは、どんな男性でした？　正直な感想を聞きたいんですよ」

と、小坂井は、じっと、相手を見つめて、いった。

石崎が、犯人なら、この女性も、ひょっとして、殺されるところだったかもしれないのだ。

あるいは、彼女も、石崎と交際していた一カ月間に、危険を感じた瞬間があったのではないか。

それを聞きたかった。

だが、昌子は、ニッコリして、

「いい方でしたわ」

「私が、聞きたいのは、もっと、具体的なことです」

小坂井は、怒ったような声を出した。

昌子は、困惑した表情になって、

「他に、申し上げようもありませんし――」

「結局、結婚なさらなかったんでしょう？　ということは、彼に、不満を持たれたからじゃないんですか？」

「いい方というのは、本当ですわ。優しいし、よく、気がつく方ですし――」

「それなら、なぜ、結婚なさらなかったんですか？　石崎さんが、金持ちの息子でなかったからですか？」

小坂井が、そんなきき方をすると、昌子は眉をひそめて、

「そんなことは、ありません。お父さまは、地元の県議もなさっている立派な方ですし」

「じゃあ、何が、気に入らなかったんですか？　彼に、信用できない部分があったんじゃありませんか？」

「――」

「正直に話して頂きたいんですよ。彼の友人は、身びいきで、彼のほうから断わったみたいなことをいっているようだが、あなたを見て、それは違うと思いましたよ。断わったのは、あなたのほうだ。きっと、石崎さんに、信じられないものを感じたからだと思う。それは、何だったんですか？」

小坂井は、問いつめるような、きき方をした。

「何もありませんわ」

「そんなはずはないんだ。私は、殺人事件を、追いかけているんです。このままだと、また一人、新しい犠牲者が出るかもしれんのです。だから、正直に、話してくれませんか」

「石崎さんが、疑われているんですか？」

と、昌子が、きいた。

「そんなことはありませんが、事実の積み重ねが、ほしいんですよ。もし、石崎さんが、女性に嫌われる性格であれば、それが、内向していってということがありますからね」

小坂井が、いうと、急に、昌子は、ほっとした顔になって、

「それなら、あの方は、よく、もてていらっしゃいました」

「それは、どういうことですか？」

「もう、昔のことですから、お話ししますけど、石崎さんは、私と、お見合いをした時、他の女の方とも、つき合って、いらっしゃったんです」

「それで、お断わりになったんですか？」

「ええ。まあ」

「しかし、なぜ、他の女とつき合っていたことが、わかったんですか？」

と、小坂井は、きいた。

「日曜日に、ご一緒にと思っても、時々、断わられましたもの」

小坂井は、思わず、「日曜日?」と、叫んでいた。

昌子は、びっくりした顔で、小坂井を、見ている。

「本当に、日曜日に、彼は、デイトを断わったんですか?」

と、小坂井は、きいた。

「ええ。いつもじゃありませんけど、二回ほどありました」

「一カ月のうちの二回といえば、日曜日の半分ですよ。何といって、デイトを断わったんですか?」

「仕事が忙しいとか、急用ができたとか、おっしゃいましたけど、勘で、嘘だとわかりましたわ」

と、昌子は、笑った。

「あなた以外の女と会っていた現場を、見たわけじゃないんですか?」

「そんなことはありませんでしたけど」

「その正確な日付けは、わかりませんか? 二年前ですか? それとも三年前?」

「二年前ですわ。おつき合いしたのは、二年前の七月頃でしたけど」

「すると、七月の日曜日ですね?」

「ええ、そうです」

「石崎さんと、つき合っていて、何かおかしいと思ったことは、ありませんかね？　彼の言葉遣いとか、考え方とか、趣味とか、何でもいいんですが」

と、小坂井は、食いさがった。

昌子は、また、当惑した顔になって、

「そんなことをいわれても、たった一カ月のおつき合いでしたから、よくわかりませんわ」

「何か、思い出してくれませんかねえ、何かあるはずなんですよ。突然、妙なことをいったり、優しいのに、意味もなく、犬や、猫をいじめたりといったことがね」

と、小坂井は、いった。

「さあ、そんなことは、ありませんでした」

「しかし、結局、あなたが、石崎さんを断わったのは、何かあったからでしょう？」

「ですから、それは、石崎さんに、他に、好きな女の方がいるとわかったからです」

「しかし、その女は、見ていない？」

「ええ」

「すると、彼は、あなたとのデイトを断わった日曜日に、他の女性とつき合っていたのではなく、他のことをしていたことも、考えられるわけですね？」

「それは、あり得たと思いますけど」

「女性に対する考え方を、彼が、話したことは、ありませんか？　例えば、女性を信じられないとか、どんな女性が好きとか、嫌いとかですがね」

「さあ、そんなことも、聞いたことはありませんでしたわ。日曜日のことを除けば、普通の方でした。頭がよくて、優しくて」

「女性を憎んでいるようには、見えませんでしたか？」

「見えませんでした」

と、昌子は、いった。

小坂井は、捜査本部に戻ると、すぐ、二年前の七月に、今度と同じような事件が起きていないかどうか、調べてみた。

石崎は、日曜日のデイトを、二回、断わったという。

彼女は、石崎に他に女がいたからだと考えたらしいが、小坂井は、その時、今回と同じ事件を、起こしていたのではないかと、考えたのである。

若い女が、殺され、しかも、未解決の事件のはずである。

佐々木たちに、調べさせたが、都内で、二年前の七月の日曜日に、それらしい事件は、起きていなかった。

買い物から、自宅に帰る途中、ＯＬが襲われたという事件が、第一日曜日の午後九時過ぎに調布市内で起きていたが、これは、引ったくりで、ＯＬは、怪我《けが》をしただけで、犯人も逮捕されている。

「絶対に、起きていると思ったんだがねえ」

小坂井は、首を振った。

彼は、自分の推理に、絶対の自信を持っている男だった。

石崎が、犯人に違いないのだ。だとすれば、二年前の七月の日曜日、デイトを放り出したのは、彼が、犯罪を起こしたからに、違いないと思う。

「警部の勘違いということは、ありませんか？」

佐々木が、いうと、小坂井は、声を荒らげて、

「おれが、そんなミスをするものか。二年前にも、石崎は、やっているんだよ」

「しかし、現実に、事件は、起きていません」

「だから、おかしいんだ！」

小坂井は、怒鳴るようにいった。

彼は、唸《うな》り声をあげて、熊のように、歩きまわっていたが、突然、立ち止まると、

「新聞を持って来てくれ！」

と、佐々木に、いった。

「いつの新聞ですか？」

「決まってるじゃないか。二年前の七月の新聞だ！」

と、また、怒鳴った。

佐々木は、縮刷版を、持って来た。二紙の二年前七月の縮刷版である。

小坂井は、佐々木と、一冊ずつ、持つと、

「東京以外で、奴は、事件を起こしていたかもしれないんだ。日曜日に起こした事件なら、月曜日の朝刊に出ているだろう。念のために、月曜日の夕刊も、見てくれ。必ず、出ているはずだ」

と、いった。

（起きていなければ、おかしいんだ）

小坂井は、眼を光らせて、毎週月曜日のページを、見ていった。

「くそ。あったぞ！」

と、小坂井は、叫んだ。

「ここだよ。隣りの神奈川で、殺《や》ってやがったんだ。横浜《よこはま》市内で、七月二十五日の日曜日に、殺されてるぞ！」

小坂井が、指で叩いたページには、大きく、次の記事が、載っていた。

〈無残、美人女子大生惨殺さる！〉

七月二十五日の午後十一時頃、横浜市緑区《みどり》——のアパート「旭荘《あさひ》」に住むK短期大学二年生の水木千枝子《みずきちえこ》さん（19）が、近くの公園内で殺されているのが見つかった。千枝子さんは、下着を引きずり下ろされた恰好《かっこう》で、絞殺されており、犯人は、乱暴しようとしたが、抵抗されたので、殺したものと思われている。警察は、周辺の変質者を調べている。

殺された水木千枝子の顔写真も、載っている。確かに、美人だった。

小坂井は、すぐ、神奈川県警に電話を入れて、この事件のことを、きいてみた。

浅井《あさい》という警部が、電話口に出た。

「その事件なら、残念ながら、迷宮入りになってしまっています」

と、浅井は、いった。

「そうでしょう」

と、小坂井は、いってしまってから、

「いや、失礼。七月に、もう一件、同じような事件が起きていませんか？　前の日曜日か、八月に入っての日曜日に」

「八月一日の日曜日に、小田原《おだわら》で未遂事件が起きていますが、同一犯人かどうかわかりません」

「やっぱりね。その時、犯人は、目撃されていないんですか？」

「被害者はＯＬで、背後から羽がいじめにされたんですが、悲鳴をあげたために、犯人は逃げています。従って、顔は、見ていません」

「容疑者は、挙《あ》がりましたか？」

「何人か、変質者を調べましたがね。どの男も、確証がつかめませんでしたよ」

「事件の夜ですが、近くに、車が、停《と》まっていたということは、ありませんか？」

「車ですか？」

「そうです。恐らく、赤いポルシェだと思うんですが」

「いや、その記録はありませんね。何か、そちらの事件と、関係があるんですか？」

と、浅井は、いってから、「ああ」と、一人で、うなずき、

「今、東京で起きている連続殺人と同一犯人と、思われるんですか？」

「いや、今は、ただ、推測しているだけでしてね。どうも、ありがとう。また、何か、おききするかもしれません」

小坂井は、そういって、電話を切った。

彼は、ニヤッと、笑って、佐々木を見て、

「愉快じゃないか。向こうが、迷宮入りにしてしまった事件の犯人を、われわれが、捕まえてやるんだ」

「果たして、同一犯人でしょうか？」

「決まってるじゃないか。犯人は、石崎なんだよ」

「しかし、警部。石崎が犯人だとすると、なぜ、二年間、何もやらなかったんでしょうか？」

佐々木が、きいた。

「そんなことは、いくらでも、理由は、考えられるだろうが。東京と、横浜以外で、やっていたのかもしれないし、身体を悪くして、入院していたのかもしれない。あるいは、仕事が忙しくて、欲望が、抑えられていたのかもしれん」

と、小坂井は、いった。

「では、石崎のここ二年間の行動を調べますか？」

「そうしてくれ。身体を悪くして、入院していなかったか？　東京以外に、引っ越したことはないか、そんなことだ」

と、小坂井は、いった。

佐々木たち刑事が、石崎の過去二年間を調べ始めた。

その三日目のことである。

小坂井は、突然、井上《いのうえ》捜査一課長に、呼ばれた。

捜査本部長の浜田刑事部長も一緒だった。

「君は、堀江さんの秘書を、犯人扱いしているようだね？」

と、部長が、いきなり、咎《とが》めるように、いった。

「容疑者の一人として、調べているだけです」

と、小坂井は、いった。

「他にも、容疑者が、いるというのかね？」

「そうです」

小坂井は、嘘をついた。今は、石崎一本に絞《しぼ》って、捜査している。

「嘘をつきたまえ。石崎さんのまわりに、刑事がうろうろしていて、仕事ができないと、堀江さんも、怒っておられるんだ。今、石崎さんは、堀江さんの秘書の仕事をしているんだよ」

「彼は、犯人です」

と、小坂井は、いった。

「証拠はあるのかね？」

「状況証拠は十分です」

小坂井は、ポルシェのこと、二年前の見合いのことや、横浜で起きた事件のことを、説明した。

「しかし、犯人だという確証はないんだろう？　どうなんだね？」

と、井上一課長が、横から、きいた。

「もちろん、石崎が殺すところを見た人間は、いません。しかし、彼は、犯人です。新しいポルシェを、買い替えたり、アリバイが、あいまいだったり、容疑は、十分です」

「どれも、単に、君が、怪しいと思っているだけのことじゃないのかね。たとえ、そのポルシェが、石崎さんの車であっても、ただ、そこに、車を停めていただけかもしれない。そのくらいの容疑で、一人の人間を、尾行し、監視してはいかんよ」

「堀江代議士が、そう、いってきたんですか？」

と、小坂井は、きいた。

「いや、直接じゃない。警察のOBで、現在、政界にいる人を通してだよ」

と、部長は、いった。

小坂井は、その人間に心当たりがあった。前回の選挙で当選した松田《まつだ》代議士に違いない。確か、堀江と同じ派閥に属していたはずである。

「しかし、部長、石崎は、間違いなく、犯人ですよ。もし、彼を野放しにしておいたら、これからも、犠牲者が出ます。私は、それを防ぎたいんです」

と、小坂井は、部長に向かって、いった。

「君は、証拠もなしに、決めつけるのかね？」

「これは、確信です」

「君個人のだろう。石崎という男が、前に、同じような犯罪を、犯しているのかね？」

「いや、それは見つかっていませんが、今もいいましたように、二年前に、横浜で、同じような事件があり、これも、石崎の犯行と、思われるのです」

「それも、君個人の確信なんだろう？」

部長は、意地悪く、きく。

小坂井の顔が、赤くなった。

「そうです。今は、私個人の確信でしかありません。しかし、間違いなく、この男は、犯人です」

「それだけでは、駄目だよ。小坂井君。相手は、立派な一市民で、堀江さんの秘書でもある。そんな人を、ただの見込みだけで、追いまわすことは、許されんよ。マスコミに、取りあげられたら、君は、どう説明するのかね？　証拠はないが、犯人だと、信じていますといって、それで、マスコミを、納得させられるのかね？」

「しかし、だからといって、石崎を、容疑者の枠から外すわけにはいきません」

と、小坂井がいうと、部長は、手を振って、

「何も、容疑者から外せといってるわけじゃない。証拠もなしに、監視や、尾行は、穏やかじゃないと、いっているんだ。どうも、君は、前から、思いこみが激し過ぎるところがあるよ。もっと、余裕のある捜査方針が、とれんのかね？」

「余裕のあるといいますと？」

「今度の事件にしても、君は、石崎一本に絞ってしまって、捜査しているようだが、他にも、容疑者は、いくらでも、考えられるんじゃないかね？　変質者の線は、まったく、捜査していないんだろう？」

「していません」

「なぜだね？」

「やりましたが、可能性が、なくなったからです」

「私には、そうは、思えんがね。石崎が捜査線上に浮かんでから、君は、変質者の線を、完全に放棄してしまっている。明日からは、この線も、捜査することにしたい。そのつもりで、いたまえ」

捜査本部長である刑事部長に、いわれてしまっては、小坂井には、どうすることもできなかった。

捜査本部の方針が、大きく、変わってしまったのである。

石崎本命説が崩れ、都内の変質者の線が、主流になった。

辛《かろ》うじて、石崎も、引き続いて、調べることは、小坂井の抵抗で、認められたが、それに割《さ》く人数は、たった二人に、制限された。

小坂井自身と、佐々木刑事の二人である。

「おれは、絶対に、石崎が犯人だと、確信しているんだ」

と、小坂井は、佐々木に、大きな声で、いった。

「私も、同感です」

佐々木がうなずいた。

「たった二人で、寂しくなったが、われわれで、石崎を挙げて、上のほうの鼻を明かしてやろうじゃないか。それに、圧力をかけてきた連中にもだ」

「わかります」

「どうやったら、石崎が犯人だという確証がつかめるかだがね」

「問題は、二つありますね」

と、佐々木が、いった。

「何だね？　それは」

「一つは、次の日曜日に、また、事件が起きるかどうかということです」

「次の日曜日の石崎の動きだな」

「そうです。もう一つは、二年前の横浜の事件の犯人が、石崎だとして、そのあと、二年間、彼が、なぜ、一回も、犯罪を犯さなかったのか、その理由を、私は、知りたいですね」

「二人で、もう一度、石崎の過去を、洗ってみようじゃないか。それと、本当に、二年間、事件が、起きてなかったかどうかだ。東京、神奈川以外で、起きていたかもしれん」

と、小坂井は、いった。

二人はまず、全国紙の縮刷版を、過去二年間、眼を通すことから、始めた。

場所は、関東に限定しなかった。

今は、北海道でも、飛行機を利用すれば、日帰りできるのだ。北海道や、九州も、除外は、できなかった。


〈若い女性が、殺される〉


といった見出しにぶつかると、小坂井と、佐々木は、すぐ、その事件を扱った県警に電話して、結果をきいた。

日曜日以外にも、範囲を広げた。

犯人は、日曜日に、若い女を襲っていたが、何かあって、二年間だけ、別の曜日に、変えたかもしれなかったからである。

いくつか、似た事件が、見つかった。

しかし、一つずつ、当たってみると、すべて、犯人が見つかり、解決していた。二年間、犯人は、沈黙していたのだろうか？

小坂井は、石崎の二年間を、調べてみた。

彼は、今度の連続殺人事件を、犯人の心の病いと見ていた。

と、すれば、二年間、まったく犯行に走らなかったとは、考えにくい。

何か、強い要因があって、二年間、犯意が抑えられたに違いないのである。

例えば、自動車事故にでも遭《あ》って、二年間、歩行不能だったといった事情である。

しかし、石崎が、交通事故に遭ったといった事実は、見つからなかった。

身体は、頑健で、医者にかかったことがないのが、自慢な男だった。

堀江の後援会で、走りまわったり、彼の個人秘書として、この二年間、休まずに、働いていたことが、わかった。

小坂井は、失望した。

ただ、この二年間に、石崎が、三度、アメリカへ行っていることが、わかった。

一度は、堀江と一緒で、この時は、他に、秘書二人が行き、渡米の目的は、アメリカの経済事情の研究だった。

あとの二回は、石崎一人で、渡米している。

どちらも、滞在は、一週間だった。

小坂井は、直接、石崎に会って、この渡米の目的を、きいてみた。

「勉強ですよ」

と、石崎は、ニッコリ笑って、いった。

「何の勉強ですか？」

「堀江先生に、よくいわれるんです。日本は、これからも、アメリカとの友好を第一に考えていかなければならない。そのためには、アメリカを、よく知ることが、必要だ。君が政治家を志《こころざ》すなら、折りに触れて、アメリカへ行き、実際に、眼で見て来なさいと。とにかく、アメリカの空気を吸うだけでもいいと、いわれましてね。本当は、一年か、二年か、行けばいいんでしょうが、仕事がありますからね。それで、一度に、一週間しか、行けなかったんですよ」

石崎は、いっきに喋《しゃべ》った。

「アメリカでは、どんな場所を、見て来られたんですか？」

「できるだけ、いろいろな場所をと、歩きまわりましたよ。ニューヨークのハーレムにも、行って来たし、少数民族といわれるプエルトリコ人や、中国人、それに、もちろん、向こうにいる日本人とも、会って話して来ました」

「病院へ行ったことは、ありませんか？」

と、小坂井が、きくと、石崎は、顔色を変えて、

「何ですか？　それは」

「ただ、きいただけですよ。どうなんですか？」

「病院なら、日本の病院へ行きますよ。妙な勘繰《かんぐ》りはしないでほしいですね」

石崎は、むっとした顔で、いった。

「アメリカでは、どこへ、泊まられたんですか？」

小坂井は、平気な顔で、質問を続けた。

「いろいろなところに、泊まりましたよ。これも、堀江先生にいわれたんです。だから、高いホテルにも、泊まったし、モーテルにも、浮浪者が、もぐりこむような場所でも寝ましたよ」

と、石崎は、いった。

「これからも、アメリカへ行くつもりですか？」

「ああ、行きたいですねえ。アメリカという国は、大きいですよ。魅力があります」

石崎は、また、笑顔になった。

小坂井は、考えこんだ。

この二年間、石崎の身の上に、特別に起きたことといえば、三回のアメリカ行きだけである。

しかし、一度は、堀江や、他の秘書と一緒だし、他の二回も、一週間という短いものだった。

これは、外務省で調べたから、間違いない。

ひょっとして、アメリカに渡って、治療に専念していたのではないかと思ったのだが、たった一週間では、無理である。

「まずいなあ」

と、小坂井は、舌打ちした。

石崎が、犯人だという確信は、変わらないが、二年間の空白の説明がつかないのだ。

小坂井は、精神科の医者に、会って、話を聞いてみた。

二度、女を襲い、そのうち、一人を殺してしまった人間が、二年間、まったく事件を起こさず、そのあとで、たて続けに、三件の同じような殺人事件を起こすということが、あり得るかどうかである。

「前の二度のあと、精神科医にかかって、治療を受けたとすれば、あり得ないことじゃありませんね」

と、医者は、いった。

「治療を受けずに、突然、一時的に、治癒《ちゆ》してしまうことは、ありますか？」

「ないことは、ないですよ。特に、その患者を、魅了するものができた場合にはね。若い女を襲うという衝動以上のものがです」

「もっと、その人間にとって、刺激の強いものが、できた場合ということですか？」

「そうです」

（そんなものが、この二年の間に、石崎にあったのだろうか？）

小坂井は、また、考えこんだが、佐々木が、

「あれじゃありませんか？」

「あれって？」

「堀江は、二年前に、国務大臣になっています」

逮捕

小坂井の顔が、輝いた。

佐々木のいう通りなのだ。二年前に、堀江正志は、総選挙のあと、国務大臣として、入閣したはずだった。

小坂井は、新聞の縮刷版で、正確な月日を、調べてみた。

総選挙は、二年前の十一月の第一日曜日に行なわれている。

その後の組閣で、堀江正志は、国務大臣に就任した。

そして、二年間、大臣を務め、今年の四月、内閣の改造で、大臣の椅子《いす》を退いている。

「関係がありそうだよ。こりゃあ」

と、小坂井は、満足そうに、佐々木に、いった。

「二年間の空白が、ぴったりと、一致しています」

と、佐々木が、いった。

「石崎は、大臣秘書になって、たぶん、緊張の毎日だったろうと思うね。それで、治まっていたのかもしれないな。これで、二年間、石崎が、新しい事件を起こさなかった理由が、わかったじゃないか」

と、小坂井は、いった。

「実際に、石崎が、堀江大臣の秘書だったかどうか、調べてみます」

佐々木は、そういって、出かけて行くと、しばらくして、一人の男を連れて、捜査本部に、戻って来た。

「前に、堀江代議士の秘書をやっていて、現在、弁護士として、働いておられる青木《あおき》さんです」

と、佐々木が、紹介した。

年齢は、四十二歳だという。

「石崎さんのことは、ご存じですか？」

と、小坂井は、きいた。

「もちろん、よく知っていますよ。堀江さんが、国務大臣になられた時、一緒に、秘書として、働きましたから」

青木は、微笑した。

「秘書は、その時、何人いたんですか？」

「全部で、七人です。まあ、少ないほうじゃありませんかね」

「石崎さんは、堀江さんの後援会で働いていたんでしょう？　それが、秘書になったというのは、どういう経過でですかね？」

「それは、私にも、わかりませんが、気がきいて、骨身を惜しまず動きまわっていたのを、よく覚えていますよ。堀江さんが、個人的に、給料を払って雇っていた秘書です」

「彼は、堀江さんを、尊敬していたようですか？」

「そうですね。本気で、堀江さんのためなら、死んでもいいと思っていたんじゃありませんかね」

と、青木はいい、暴漢が、堀江に襲いかかった時、石崎が、身を挺《てい》して、防いだ話をしてくれた。その時、石崎は、殴られて、左手を骨折して入院したと、いう。

「それだけ、献身的に尽くしていたとすると、休日に、遊びまわるようなことは、できなかったでしょうね？」

と、小坂井は、きいた。

「そうですね。政治家というのは、忙しいし、大臣となるとなおさらです。その秘書は、もっと忙しい。私は、二年間、ほとんど、休みを、とりませんでした。石崎さんも、同じだったと、思いますよ」

「彼が、赤いポルシェに乗っていたことは、知っていましたか？」

「ええ。一度、見せてもらいました。車が好きだったようですが、あの二年間は、暇《ひま》がなくて、乗れないと、こぼしていましたね」

と、青木は、いった。

「ところで、彼は、この二年間に、三回、アメリカに行っています。それは、ご存じですか？」

「ああ、知っていますよ。確か、堀江さんと一緒に、アメリカの経済事情を調べに行ったことがありましたよ。あとは、個人的に行ったんでしょうが、それも、勉強だと、いっていましたね」

「石崎さんは、政界に入るのが、希望なんでしょうか？」

「そのようですね。親分肌のところもあるし、なかなか、頭も切れるから、彼は、政治家に、向いているんじゃありませんかね」

「しかし、それだけじゃあ、政界には出られんでしょう？」

「だから、ゆくゆくは、堀江さんの地盤を譲り受けて、立候補することになるんじゃないかと思いますがね」

「堀江さんは、その気なんですかね？」

「と、思いますよ。ご子息は、政治には、興味が、ないようですし、石崎さんのことは、とても可愛《かわい》がっていますからね」

と、青木は、いった。

最後に、小坂井は、彼に、

「石崎さんのことを、どう思います？　一緒に、仕事をして来て、妙だなと、思ったことは、ありませんか？」

「妙な――ですか？」

「ええ。妙な言動は、ありませんでしたか？　突然、怒り出すとか、関係のない言葉を口走るとかですが」

「そんな――」

と、青木は、笑って、

「まったく、ありませんでしたよ」

と、いった。

小坂井は、その言葉には、別に、がっかりはしなかった。日常生活で、まったく、普通の人間が、突然、殺人を犯すことが、あり得るのだ。

どうやら、石崎は、二年間、仕事に熱中していて、恐ろしい性癖が、抑えられていたと見るべきだろうと、小坂井は、思った。

だが、それを証明することは、難しい。

一方、他の刑事たちは、変質者たちを、洗い出していた。その顔写真と、略歴が、どんどん、集まって来ていた。

記者会見では、捜査本部長が、警察としては、変質者を追っており、何人か、怪しい人物が、浮かんでいると、発表した。

小坂井と佐々木が、石崎を追っている方向は、完全に、傍系《ぼうけい》とされてしまったのである。

小坂井は、腹が立ち、同時に、焦りを感じた。

何とかして、証拠を、つかみたかった。

(次の日曜日が、チャンスになるのではないか)

と、小坂井は、思った。

犯人は、三度、続けて、日曜日に、若い女を襲っている。とすれば、今度の日曜日にも、同じ犯行に走る可能性はあるのだ。

十月二十五日になり、小坂井は、佐々木と、今日こそと、思った。

二人は、夕方から、石崎の家を、監視することにした。

と、いっても、マンションなので、彼の部屋の前に、立っているわけにはいかず、駐車場の彼の白いポルシェと、マンションの入口を、監視することになった。

しかし、午後六時、七時になっても、石崎が外出する気配はないし、白いポルシェも、停めてあるままである。

「おかしいぞ」

と、小坂井は、急に、狼狽《ろうばい》した口調で、佐々木を見た。

「しかし、まだ、外出した気配はありませんが」

「最初から、いなかったんじゃないのか」

「部屋の明かりは、ついていますが」

「昼間から、つけたままかもしれん。われわれが、ここへ来たのは、午後五時だ。その時には、もう、部屋を出ていたんだ」

「しかし、白いポルシェは――」

「われわれのマークしている車は、使わんことにしたんだろう」

「見て来ます」

佐々木は、マンションの階段を、駆け上がって行ったが、息をはずませて、戻って来ると、

「部屋には、いないようです」

「やはり、昼のうちに、出てしまっていたんだ」

「どこへ行ったんでしょうか？」

「東京のどこかの猟場だよ。若い女を襲う場所さ」

「東京は、広いですよ」

「わかってる！」

思わず、小坂井は、大声を出していた。

今日は、ぜがひでも、その広い東京で、石崎の犯行を食い止め、逮捕しなければならないのだ。

「犯人は、公園に引きずりこんで、殺している」

と、小坂井は、眼を光らせながら、いった。

「しかし、警部。公園は、沢山《たくさん》ありますよ」

「日比谷公園と、新宿中央公園は、もう、使ってしまっている。他の公園だ。君の知っている公園を、あげてみろ。この二つの他だぞ」

と、小坂井は、覆面パトカーに戻って、佐々木にいった。

「上野《うえの》公園、北の丸《きたのまる》公園、皇居も入りますか？」

「ああ、皇居外苑《がいえん》も入る」

「芝《しば》公園、新宿御苑《ぎよえん》」

「新宿御苑はもう閉園で、入れないだろう」

「神宮《じんぐう》外苑、隅田《すみだ》公園、千鳥ケ淵《ちどりがふち》公園、ずいぶん、ありますよ。他にも、浜離宮《はまりきゆう》があるし。いや、これも、時間で入れなくなりますね」

「畜生《ちくしよう》！　沢山ありやがる」

と、小坂井は、舌打ちした。

「二人で、全部を、警戒するなんて、とうていできませんよ」

「当たり前だ。だから、賭けだ。若い女が、来そうな場所は、どこだ？　恋人と待ち合わせに使いそうな公園だ」

「神宮外苑かもしれません。原宿《はらじゆく》、青山《あおやま》、赤坂といったところに、近いですから」

「よし、神宮外苑に、行ってみよう」

と、小坂井は、いった。

「犯人が、そこに現われるとは、限りませんよ」

「だから、賭けだと、いってるんだ」

と、小坂井は、いった。

捜査本部には、全部で、十四人の刑事がいる。

その刑事たちを使えるのなら、もっと多くの公園に張りこませたいのだ。しかし、他の刑事たちは、都内の変質者の洗い出しに追われ、石崎を追えるのは、小坂井と、佐々木の二人だけである。

一カ所を見張るより仕方がないのだ。

「神宮外苑へ行ってみよう」

と、小坂井がいい、佐々木が、運転する覆面パトカーは、明治神宮外苑に向かった。

着いてみて、改めて、小坂井は、神宮外苑の広さに、狼狽した。

この広い中を、二人で、見張るなど、とうていできるものではなかった。

幸い、外苑の中を、道路が走っている。小坂井は、佐々木に、その道路をゆっくり、往復させた。

道路の片側に、車が、点々と停められ、中で、若いカップルが、抱き合っていたりする。

その向こうの暗闇《くらやみ》は、見えない。今、その暗闇で、石崎が、若い女を殺そうとしているのかもしれないが、一つ、一つ、調べていくには、その暗闇は、広すぎた。

何往復かした時である。

突然、パトカーのライトの中に、若い男と女が、飛び出して来た。

そして、女の悲鳴。

佐々木が、急ブレーキをかけた。

小坂井が、窓から顔を突き出して、

「どうしたんだ!」

「人が、向こうで、死んでるんです!」

「若い女だよ!」

と、二人が、叫んだ。

小坂井と、佐々木は、車から飛び出すと、若いカップルが、指さす方向に向かって、走った。

道路から、林の中に入ると、急に、暗くなる。

佐々木が、懐中電灯で、前方を照らした。

そのライトの中に、大きな人影が、あわてて逃げ出すのが、見えた。

「待て！」

と、小坂井が、怒鳴った。

それでも、相手は、背中を丸めて、より暗い方へと、逃げようとする。

「くそ！」

と、小坂井は、舌打ちし、拳銃を取り出すと、夜空に向かって、一発、射った。

「止まらないと、射つぞ！」

小坂井は、叫んだ。

本当に、次は、相手に向かって射つ気だった。

その気迫が、通じたのか、相手は、背を向けたまま、立ち止まった。

「ここに、若い女が、死んでいます！」

と、佐々木が、甲高《かんだか》い声で、叫んだ。

小坂井は、その声を聞きながら、拳銃を構えて、背を向けている人間に、近づいた。

大きな男だった。

「こっちを向け！」

と、小坂井は、命令した。

相手が、ゆっくり、振り向いた。

ぼんやりと、その顔の輪郭《りんかく》が、見えた。

「やっぱり、君か」

と、小坂井は、満足そうに、呟《つぶや》いた。

石崎だったからである。

佐々木が、近づいて来て、相手に、懐中電灯を、向けた。

石崎が、手で、その光を遮《さえぎ》った。

「石崎だよ」

と、小坂井は、佐々木に、いってから、

「君を逮捕する」

「私は、何もしていないよ」

「何もしていないだって」

小坂井は、口をゆがめて笑い、石崎の手をねじ上げるようにして、後ろ手錠をかけた。

「不当逮捕だぞ。これは」

と、石崎が、大声で、いった。

「文句は、あとで、ゆっくり聞いてやるよ」

小坂井は、突き放すようにいってから、佐々木に、

「すぐ、応援を、呼んでくれ」

といった。

パトカーが、けたたましいサイレンの音を響かせて、駆けつけてきた。

投光機が、用意され、林の中の草むらに、仰向《あおむ》けに横たわっている女を、照らし出した。

年齢二十二、三歳の女である。

首を締《し》められ、スカートがめくり上がり、下着がずり下ろされた恰好《かっこう》で死んでいるのは、これまでの事件と同じだった。

違っているのは、今度は、犯人の石崎を、逮捕したことだった。

被害者の名前は、平木《たいらぎ》やよい。二十三歳。大学を出て、ＯＬになったばかりの女だった。

この日、彼女は、ボーイフレンド、原口徹《はらぐちとおる》、二十七歳の車で、デイトを楽しみ、夕食をすませたあと、神宮外苑の中に、車を停めていた。

原口が、尿意を覚え、車から降りて、トイレに行っている間に、平木やよいが、何者かに、車から引きずり出され、暗闇で、殺されてしまったのである。

小坂井は、投光機の明かりの中に浮かび上がった被害者の顔を見つめた。

絞殺のせいで、鼻血が出ている。顔には、殴《なぐ》られた痕《あと》がある。犯人は、抵抗されたので、殴りつけたのだろう。

むき出しになった下腹部が、いやに、白い。

「よく見ろよ！」

と、小坂井は、石崎の髪の毛をつかんで、顔を、死体のほうに、向けさせた。

「おれは、関係ない」

と、石崎は、いった。

「じゃあ、なぜ、死体のそばから、逃げ出したんだ？」

「急に、悲鳴が聞こえたんで、何だろうと思って、見に行っただけだよ」

「都合よく、この外苑にいたもんだな？」

「車で、通りかかったんだ」

「車？　どこにあるんだ？」

「向こうだ。白いセリカだ」

「君の車は、自慢のポルシェじゃなかったのかね？」

小坂井は、意地悪くきいた。

「故障したんで、レンタカーを、借りたんだよ」

「レンタカーをねえ」

と、小坂井は、苦笑してから、佐々木に、

「すぐ、その車を見つけて来てくれ。車からここまでの距離を、ちゃんと、測ってくれ。あとで、大事な証拠になるかもしれないからな」

といった。

白いセリカは、すぐ見つかったが、殺人現場からは、百メートル近く、離れた場所だった。

その距離に、小坂井は、満足した。

明らかに、石崎は、嘘をついていると、感じたからである。

石崎は、車で通りかかって、悲鳴を聞いて、駆けつけたと、いった。だが、実際には、百メートルも、離れたところに、車を、停めていたのである。その距離で、悲鳴が、聞こえるはずがないのだ。

小坂井は、手錠をかけたまま、石崎を、捜査本部に、連行した。

「弁護士を呼んでくれ」

と、石崎は、いった。

「白状すれば、いくらでも、弁護士に、会わせてやるさ」

捜査本部は、混乱した。

変質者の犯行説をとっているところへ、石崎を、犯人として、小坂井が、逮捕して来たからである。

本部長は、蒼《あお》い顔で、小坂井に、

「逮捕状もなしに、あの石崎さんを、逮捕したのかね？」

と、いった。

「殺人現場から逃げ出したので、緊急逮捕したわけです」

「石崎さんは、自分が殺《や》ったといったのかね？」

「否認していますが、犯人であることは、間違いありません」

小坂井は、自信満々で、いった。

「本当に大丈夫なのかね？　早くも、堀江さんの顧問弁護士から、不当逮捕だという抗議が、電話で、来ている」

「大丈夫です」

「しかし、彼が、女を殺すところを見たわけじゃないんだろう？」

「見てはいませんが、殺人現場にいて、あわてて、逃げ出したんですよ。午後十一時、たった一人で、神宮外苑で、いったい、何をしていたというんですか」

小坂井は、吐き捨てるように、いった。

「それは、わからんが、公判になっても、大丈夫なんだろうね？」

本部長は、不安げに、きいた。

「それは、われわれのつかんだ証拠より、検事の覚悟によりますね」

と、小坂井は、いった。

小坂井と、佐々木は、必死になって、石崎の有罪の証拠を集めた。

状況証拠は、続々と、集まってきた。

石崎は、昨日から、白いセリカを、レンタカーで、借りていたが、彼のポルシェが、具合が、悪いからというのは、嘘だとわかった。

石崎の白いポルシェを、調べたところ、どこにも、故障個所はなく、快適に走ることが、わかったのである。

悲鳴が聞こえたから、何事かと思って、車から降りて、見に行ったという証言も、嘘だということが、はっきりした。

石崎が、車を停めていた場所からは、若いカップルの悲鳴は、聞こえないはずだったし、小坂井たちより先に、死体のそばに近づくことは、百メートルを、十秒フラットで走っても、不可能だった。

従って、彼は、若いカップルの悲鳴が起きる前に、死体のそばにいたことになるのだ。

問題の若いカップルの証言によれば、死体を見た時、近くに、黒い人影がいたという。

それが、恐らく、石崎だったのだろうと、小坂井は、考えていた。

彼が、そのあと、死体のそばに、何秒かいたと思われるが、これは、自分が犯人だという証拠を落としてないか、調べていたのではないのか。

小坂井から見れば、証拠は、もう十分と思えた。

彼と、佐々木刑事が集めた証拠に対して、石崎は、ろくに、反論できなかったからである。

しかし、地検の検事は、なかなか、起訴に踏み切らなかった。

やはり、堀江に対する遠慮があるのだろう。

今は、平の代議士だが、大臣にもなり、現在も、派閥の重鎮だからに違いなかった。

「もっと、証拠が、ほしいね。決定的な証拠がね」

と本部長も、検事も、いう。

「これ以上、どんな証拠があるというんだ！」

と、小坂井は、腹を立てたが、仕方なく、佐々木と二人、石崎の周囲の人間への聞き込みに、また、出かけて行った。

「連中は、なにを怖がっているんだ」

小坂井は、パトカーで走りながら、何度も、文句を、いった。

「上になるほど、政治家との接触ができてくるからじゃありませんか」

と、佐々木が、いう。

「だからといって、石崎が犯人だという事実は、変わらんよ」

「その通りです。彼以外に、犯人は、考えられません」

「しかし、このままじゃあ、四十八時間の勾留《こうりゅう》時間が切れて、釈放しなければならなくなっちまうぞ。検事が、起訴してくれないんだから」

小坂井は、「畜生！」と、いった。

もっと証拠がほしいといわれても、そんなものが、見つかるとは、思えなかった。石崎が、被害者に襲いかかっている写真など、あるはずがないからである。

現場に、犯人の、遺留品でもあればいいのだがと、思って、

「あのボタンだ」

と、小坂井は、気がついた。

日比谷公園の時、現場に、ミラ・ショーンのボタンが、落ちていたのである。

もし、石崎が、ミラ・ショーンの背広を持っていて、そのボタンが一つ取れていれば、決定的な証拠になるかもしれない。

逮捕された時、石崎が着ていたのは、国産の背広だった。

二人は、石崎のマンションに着くと、管理人に、立ち会ってもらって、部屋の中を調べた。

洋服ダンスは、二つあり、どちらにも、高そうな服が、ぎっしり、詰まっていた。

ミラ・ショーンの背広は、八着あった。

「石崎は、ミラ・ショーンが、好きなんでしょうね」

と、佐々木がいう。

「それなのに、わざと、国産の背広を着ていたんだ。たぶん、ボタンを落としたのに気がついたんだろう」

「しかし、ボタンは、なくなっていませんね」

二人は、八着の背広を、取り出して、もう一度、一着ずつ、丁寧《ていねい》に見ていった。

「これを見ろよ」

と、小坂井は、その中のベージュの背広を手にとって、袖口《そでぐち》を、佐々木に見せた。

「ボタンは、三つついているが、一番下のボタンは、つけ替えたものだよ。糸が他の二つと、違っている」

「つけ方も、下手《へた》ですね。恐らく、石崎が、自分で、つけたんだと思いますよ。糸が、裏側まで通ってしまっています」

「帰宅してから、ボタンが一つ取れているのに気づいて、あわてて、予備のボタンを、つけたんだろう」

「持って帰って、遺留品のボタンと比べてみましょう。同じものだったら、証拠になりますよ」

と、佐々木は、勢いこんで、いった。

小坂井と、佐々木は、その背広を持って、捜査本部に帰ると、すぐ、遺留品のボタンと、比べてみた。色も、大きさも同じボタンだった。

小坂井は、それを持って、本部長に、会った。

「これは、明らかに、石崎が、犯人である証拠だと思います。この背広は、真新しいもので、簡単に、ボタンが取れるとは、思えません。日比谷で、第一の被害者を襲った時、彼女が、引きちぎったんだと思いますね。帰宅して、袖口のボタンが一つ取れていることを知った石崎は、あわてて、自分で、予備のボタンを、つけたんです。これは明らかに、彼が――」

「いいんだよ。もう」

と、本部長が、小坂井の話を、遮った。

「何のことですか？」

「もういいんだ。石崎は、釈放する」

「そんなバカな。このボタンは、証拠ですよ。彼が、犯人だという――」

小坂井は、顔色を変えて、抗議した。

「小坂井君。ミラ・ショーンの背広を着ている人間が、石崎一人だと思っているのかね？石崎が、そのボタンをつけ替えたとしても、日比谷で落としたとは、限らんじゃないか。

とにかく、検事も、今までの状況証拠では、起訴しても、公判が、維持できないと、いってるんだよ」

「誰が、来たんですか？」

「何のことだね？」

「堀江代議士が、直接、やって来たんですか？　それとも、警察のOBが、電話して来たんですか？」

「そんなことじゃない。あくまでも、起訴するだけの証拠が、揃《そろ》っていないから、釈放するんだよ」

と、本部長は、いった。

小坂井は、歯がみをしたが、上からの指示には、逆らえなかった。

堀江の顧問弁護士が、やって来て、石崎を連れて行った。小坂井は、それを、唇を噛《か》んで、見送った。

「おれは、負けないぞ」

小坂井は、佐々木に向かって、眉を吊《つ》りあげ、宣言するように、いった。

状況証拠で、犯人としか思えない石崎を、釈放したことは、警察としての、はっきりとした意思表示である。

それは、小坂井たち、事件を担当している刑事たちに対する意思表示であると同時に、外に向かっての、意思表示でもある。

捜査本部は、容疑者を、東京都内及び、その周辺に住む変質者と、改めて、断定したのだ。

小坂井にしてみれば、それは、理不尽で、間違った決定だった。

犯人は、石崎に間違いないのである。

さすがに、本部長も、小坂井に対して、君も、変質者を追えとは、強制しなかった。小坂井の頑固《がんこ》さを知っているからだろう。

だが、小坂井と佐々木は、捜査本部のなかで孤立し、捜査会議の時も、発言は、抑えられることになった。

「君は、どうするね？」

と、小坂井は、佐々木に、きいた。

「私は、前から、石崎犯人説を信じています。彼が、釈放されても、この考えは、変わりませんよ」

佐々木は、しっかりした口調で、いった。

「ありがとう」

と、小坂井は、いった。

「しかし、警部。これまでより、石崎の逮捕は、難しくなりましたよ。状況証拠は、いくら集めても、逮捕の許可は、貰えなくなりましたからね」

佐々木は、冷静に、いった。

「わかっている」

「どうしますか？　これから」

佐々木が、きく。

「方法は、二つあると思っている」

「どんな方法ですか？」

「正攻法で、石崎が犯人だという確証を手に入れ、有無をいわせず、逮捕状を取る。これが、理想だが、君のいうように、難しいと思うね」

「もう一つは、どんな方法ですか？」

「目には目をというやつだ。石崎は、手をまわして、圧力をかけて来た。汚い手だよ。だから、こちらも、汚い手を使ってやる」

「罠《わな》にかけるわけですか？」

と、佐々木は、きいた。

小坂井は、笑って、

「そうしたいが、おれたち二人では、無理だよ。美人の婦警を借りて、次の日曜日に、罠を仕掛けたくても、本部長は、ウンとはいわんさ。そうだろう？」

「では、どうするんですか？」

「君と二人で、徹底的に、石崎を、尾行する。彼が、どこへ行く場合も、つけて行く。奴が、悲鳴をあげるまでだ。たった二人で、やるんだから、辛《つら》いぞ」

と、小坂井は、いった。

「それで、目には目をですか？」

追いつめて

翌日の早朝から、小坂井と佐々木で、尾行を、開始した。

小坂井は、徹底する性格だし、石崎や、石崎を、助けようとする人間に対する恨みもあったから、佐々木と組んで、二十四時間の監視だった。

どうしても、二人だけでは、無理な時は、小坂井は、貯金をはたいて、アルバイトを雇《やと》い、石崎の監視を、頼んだ。

自分が、尾行する時は、わざと、顔を見せつけた。

車による尾行、徒歩による尾行、そして、石崎が、家に入って、出て来ない時には、こちらも、車を、前に停めて、その中で、身体《からだ》を休めた。

一日、二日と、続けるうちに、石崎の様子が、おかしくなった。

石崎が、いら立ち始めたのだ。

車で尾行している時、石崎が、ふいに、ポルシェを止め、こちらに、近寄って来た。

怒りを表面に出した顔で、小坂井を、睨《にら》みつけた。

「嫌がらせは、やめろ！」

と、石崎は、こちらの車を覗《のぞ》きこんで、怒鳴った。

小坂井は、黙って、ニヤッと笑っただけである。

相手が、怒って、いら立ってくれれば、くれるほどいいのだ。

石崎のほうも、それに気づいたとみえて、覆面パトカーの車体を、蹴飛ばしただけで、自分のポルシェに、戻ってしまった。

ポルシェが走り出すと、佐々木の運転する車も、スタートした。

石崎の焦燥《しょうそう》を示すように、ポルシェが、スピードを上げて、疾走する。

「いい具合だ」

と、小坂井は、笑い、他のパトカーに連絡し、石崎を、スピード違反で、逮捕させた。

石崎が、釈放されて、出てくると、小坂井は、また、彼を、尾行した。

石崎が、直接、小坂井に、電話をかけてきたこともある。

「これ以上、おれに、つきまとうと、あんたを馘《くび》にするぞ。そのくらいの力はあるんだ」

と、石崎は、脅した。

「結構だ。あんたと心中できるんなら、本望だよ」

と、小坂井は、いってやった。

（とんでもない男を敵にまわしたことを、わからせてやる）

と、小坂井は、決意していた。

石崎が、外出する時間が、少なくなった。マンションに閉じこもって、出て来ないのだ。

小坂井は、車を、マンションの前に停めて、監視する一方、彼は、石崎に、電話をかけた。

石崎が、電話口に出ると、

「自首したまえ。楽になるぞ」

と、いった。

石崎が、音を立てて、電話を切った。

少しずつ、石崎を追いつめているという手応《てごた》えを、小坂井は、感じていた。

その日も、小坂井は、佐々木の運転するパトカーを、石崎のマンションの前に停めて、監視していた。

無線電話で、小坂井に、連絡があった。

白井《しらい》という刑事からで、

「今、捜査本部に、小坂井さんに会いたいという女性が、見えています」

と、いう。

「今、忙しいんだよ」

「そういったんですが、石崎のことで、小坂井さんに、どうしても、お話ししたいといって、動かないんです」

「石崎とは、どんな関係の女なんだ？」

「それも、小坂井さんに話すと、いっています」

「わかった。すぐ、戻る」

と、小坂井は、いった。

「君は、ここで、引き続き見張っていてくれ。おれは、この女に、会ってくる」

そう佐々木にいい残し、小坂井は、タクシーを拾って、捜査本部に、戻った。

小坂井と、佐々木は、捜査本部のなかで、孤立していた。さっき電話してくれた白井刑事も、変質者の捜査に出かけてしまっていて、ぽつんと、若い女が一人、小坂井を、待っていた。

「用があるのは、あなたですか？」

と、小坂井が、声をかけた。

女は、はじかれたように、立ち上がって、小坂井に近づくと、頭を下げた。
二十一、二歳に見える小柄な女である。一見したところ、平凡なＯＬの感じだった。
「石崎さんのことで、聞いて頂きたいことがあるんです」

と、彼女は、かたい表情で、いった。

た。

「まあ、すわってください」

と、小坂井は、相手に、椅子《いす》をすすめ、自分も、近くの椅子を引き出して、腰を下ろした。

「それで、彼のことで、何を、私に話したいんですか？」

「あの人を、もう、追いかけまわさないでください。お願いします」

彼女は、立ち上がって、深々と、頭を下げた。

「彼とは、どんな関係ですか？　ガールフレンドですか？」

と、小坂井は、きいた。

「そんなんじゃありません。私の父が、石崎さんのご恩を受けているんです。あの人は、人を殺すような恐ろしい方じゃありません。立派な方です。なぜ、あんな方を、疑って、追いかけまわすんですか？」

「それは、疑われるだけのことがあるからですよ」

と、小坂井は、いった。

「それなら、あの人が、立派だという証拠も沢山《たくさん》ありますわ」

「どんなことですか？」

と、小坂井は、きいた。

「父が、事業に失敗して困っている時、石崎さんが、助けてくださったんです」

「金を貸してくれたんですか？」

「お金じゃありません。精神的に、励ましてくださったし、信頼のおける銀行や、信用金庫を世話してくださったりしたんです。お得意も、紹介して頂きましたわ」

「まさか、石崎に頼まれて、そんな美談を話しに来たんじゃないでしょうね？」

小坂井が、意地悪く、質問すると、彼女は、きっとした顔になって、

「あなたは、どんなに優秀な刑事さんか知りませんが、人間を見る眼が、まったくないんですね。石崎さんのことが、まったく、わかっていないじゃありませんか」

と、激しい口調で、いった。

小坂井は、そんな女の顔を、負けずに、見返して、

「石崎のことは、よく知っていますよ。権力を笠に着て、何でも、自分の思うままになると思っている男だよ。しかも、日曜日の夜、車で、どこかへ出かけて行く。その説明もできない。限りなく、怪しい男だ。それ以外に、何があるのかね」

「もっと、冷静に、物事を見てください」

「それなら、まず、あなたの名前をいいなさい。名前と、住所、それに、何をしているのかだ。そうでなければ、あなたの話を、信じるわけには、いかないね」

「名前は、松本《まつもと》はるかです。今は、それ以外は、いいたくありませんわ」

「なぜです？　お伽話《とぎばなし》を信じさせたいのなら、すべてを話すべきじゃありませんか？

「違いますか？」

「警部さんは、頭から、私の話を信じようとなさらないじゃありませんか。だから、今は、これ以上、お話しする気になれません。ただ、私の名前だけ、覚えておいてください。また、お電話するなり、会いに参ります」

それだけいうと、彼女は、立ち上がって、部屋を出て行った。

(何だい？　ありゃあ)

と、小坂井は、首をひねって、見送った。

上からの圧力だけでは、どうにもならなくなったので、今度は、泣き落としに来たのか。

小坂井は、石崎に対する見方を、変える気はなかった。

いや、妙な女が来たことで、ますます、石崎に対する疑いを深めたといってよかった。

小坂井は、すぐ、佐々木のところへ戻った。

覆面パトカーに乗りこみ、佐々木の横に腰を下ろすと、女の話をした。

「今度は、女を使っての泣き落としですか」

と、佐々木が、いった。

「君も、そう思うかね？」

「石崎も、相当、参っているんじゃありませんか。だから、あの手、この手を使って、逃げようとしているんですよ」

「とすると、石崎が、追いつめられた気持ちになって、何もかも喋る可能性が、高くなってきたわけだな」

小坂井は、眼を輝かせて、いった。

佐々木も、うなずいて、

「同感です。最初、平気で外出していたのに、今は、自分のマンションに、閉じこもることが、多くなっています。参っている証拠ですよ」

「じゃあ、もう一度、圧力をかけてくるか」

と、小坂井は、いい、車を降りると、電話ボックスまで、歩いて行った。

石崎のマンションを見ながら、ダイヤルをまわしていく。

だが、向こうの電話は、話し中だった。

五分、六分と、待った。が、いつまでも、話し中が、続いた。

小坂井は、舌打ちして、車に戻った。

「石崎は、どこかと、長話の最中だよ」

「堀江代議士か、警察のＯＢに、何とかしてくれと、頼んでいるんじゃありませんか？泣き落としも、失敗したんで」

と、佐々木が、いう。

「そうかもしれない。また、明日あたり、顧問弁護士が、押しかけてくるかもしれんな」

「覚悟しておいたほうが、いいですよ。最後のあがきでしょうが」

と、佐々木が、笑った。

しかし、その日も、次の日も、何の圧力もかかって来なかった。

堀江代議士から、刑事部長のほうに、電話もかからなかったし、顧問弁護士も、やって来ない。

「どうなってるんだ？」

と、小坂井は、佐々木に、きいた。

「もう、石崎を庇《かば》いきれないと、判断したんじゃありませんかねえ」

「そうだろうか？」

小坂井は、首をひねった。

石崎について、まだ、決定的な証拠を、つかんだわけではない。逮捕令状が出ない状況は、依然として、続いているのだ。

それなのに、堀江代議士や、弁護士は、石崎を、庇いきれないと、考えるだろうか？

「ひょっとして――」

「何ですか？」

「石崎を、海外へ逃がす気じゃないかな？　奴は、何回も、アメリカへ行っていて、向こうの生活に馴《な》れている。それに、彼が出国するのを、止めることは、できないんだ」

小坂井が、顔をしかめて、いった。

「その可能性は、大きいですよ」

と、佐々木も、表情を変えていた。

石崎が、海外へ逃げてしまったら、間違いなく、小坂井たちの負けなのだ。

しかし、石崎は、海外へ出る気配を見せなかった。

その代わり、小坂井は、捜査本部で、仮眠をとっているところを、佐々木の電話で叩《たた》き起こされた。

「石崎が、死にました。自殺です」

小坂井は、はね起きた。

「石崎が、死んだって？」

「そうです。車の中で、あのマンションを監視していたんですが、顧問弁護士がやって来て、急に騒がしくなったんで、あわてて、中に入ってみたんです。そうしたら、石崎は、自分の部屋で、首を吊《つ》って、死んでいました」

「すぐ、行く」

小坂井は、電話を切ると、パトカーで、石崎のマンションに、駆けつけた。

佐々木が、青い顔で、小坂井を迎えた。

石崎は、奥の寝室の梁《はり》に、ロープを結び、それで、首を吊っていた。

石崎の身体が、大きく、重いせいで、ロープは、今にも、切れそうに見えた。

石崎は、鼻から、血を噴《ふ》き出し、口を大きく開いた形相《ぎょうそう》で、事切れている。

小坂井は、佐々木と二人で、石崎の死体を床に、下ろした。

「鑑識を呼んでくれ」

と、小坂井は、佐々木に、いった。

こんな結末を迎えるはずではなかったという思いが、小坂井の顔を、青ざめたものにさせていた。

追いつめて、犯行のすべてを、自白させてやるつもりだったのだ。

鑑識が来るまでの間、小坂井は、居間や、寝室を、調べてみた。

せめて、罪を告白した遺書でも見つかればと思ったのだが、それらしいものは、一つもなかった。

鑑識と一緒に、浜田捜査本部長が、これも、青い顔で、駆けつけてきた。

浜田本部長は、小坂井の顔を見るなり、

「何ということをしてくれたんだ！」

と、怒鳴った。

一瞬、その言葉の意味がわからなくて、小坂井が、ぽかんとしていると、

「これは、君の強引な捜査に対する抗議の自殺なんだよ」

「そんなことは、ありません。抗議の自殺なら、遺書があるはずですが、それがありません」

「ついさっき、私のところに、届いたんだよ。堀江代議士や、弁護士のところにも、届いているはずだ。いいか、君。これが、マスコミに取りあげられたら、大変な騒ぎになるぞ」

「しかし――」

「これを、読んでみたまえ」

と、浜田は、分厚い封筒を、小坂井に投げて寄越した。

宛名は、「捜査本部長殿」になっていて、差出人の名前は、石崎だった。

小坂井は、居間のソファに腰を下ろし、封筒の中身を取り出した。

便箋《びんせん》数枚に、達筆で、書かれていた。

〈捜査本部長殿
小生は、目下《もつか》、連続殺人事件の容疑者として、あなたのところの小坂井警部と佐々木刑事に、追いかけられています――

彼らは、何が何でも、小生を、犯人に仕立てようと必死です。先に、私を逮捕し、証拠不十分で釈放しなければならなかったにも拘《かかわ》らず、絶えず、私を尾行し、監視しています。

それが、小生にとって、いかに苦痛であるか、同じ目に遭った者でなければ、わからないと思います。ひそかに、尾行されるのなら、まだ、いいでしょう。しかし、この二人は、小生に圧力をかけるべく、わざと、見せびらかすように、尾行し、監視するのです。それだけではありません。小生が、誰かと話をすれば、その人間を訊問《じんもん》します。小生が、警察に疑われている凶悪犯だという印象を与えるためです。

一般の人たちは、それだけで、あたかも、小生が、犯人であるかのような眼で見ることになります。この状態では、堀江先生の秘書も務まらず、正志会の会員であることも、できません。先生や、同志の方々に、ご迷惑をおかけすることになるからです。

小生は、誓って、誰一人、殺しておりません。小生を知っている人たちにきいて頂ければ、そんな人間でないことを、証言してくれるはずなのです。しかし、小坂井警部と、佐々木刑事の二人は、小生の言葉をまったく信用しようとはしないのです。事件があった日に、車に乗って、外出していて、事件の現場に居合わせたから、連続殺人の犯人に違いないと、決めつけるのです。事件を解決しようという熱意はわかりますが、これは、明らかに行き過ぎです。

朝となく、夜となく、絶えず尾行し、監視されるのは、これは、拷問《ごうもん》です。小生の抗議も、聞き入れてもらえません。小生は、疲れ切ってしまいました。これが、日本の警察のやり方なのですか？　民主警察を標榜《ひょうぼう》する警察の態度ですか？

このままでは、死をもって、抗議せざるを得なくなりそうです。

石崎駿〉

小坂井は、黙って、その手紙を、佐々木に渡した。

「君の感想を聞きたいものだね」

と、浜田本部長が、小坂井に、いった。

「石崎は、間違いなく、連続殺人事件の犯人です」

小坂井は、ぶぜんとした顔で、いった。

浜田は、そんな小坂井を、睨《にら》みつけるように見ながら、

「そんなことは、もう、どうでもいいんだ」

「それは、どういうことですか？」

「同じような抗議文は、堀江代議士のところにも、弁護士のところにも、ひょっとすると、マスコミ関係にも、送られていると、思っている。これから、警察は、袋叩きになるのを、覚悟しなきゃならんのだ」

「誰が何といおうと、石崎は、犯人です」

と、小坂井は、同じ言葉を、繰《く》り返した。

浜田は、ますます、不機嫌になって、

「それを、新聞記者たちの前で、いってみたまえ。もうすぐ、記者たちが、押しかけてくるからね。君たち二人が、行き過ぎた捜査で、非難されるだけじゃないんだぞ。警察全体が、非難されるんだ」

「石崎の容疑は、十分でした。確かに、状況証拠だけでしたが、私にいわせれば、それでも、彼を犯人と断定するのに、十分です」

「それは、君が、勝手に、思っているだけだろうが」

浜田本部長は、吐き捨てるように、いった。

彼の予想は、当たっていた。

石崎の死が公《おおやけ》になると、マスコミは、こぞって、警察のやり方を非難した。


〈抗議の死〉


という文字が連日のように、新聞紙上に、現われた。

堀江代議士が、顧問弁護士を通じて、正式に抗議して来た。

小坂井と佐々木の捜査が、いかに、石崎の人権を無視した強引なものだったかを、告発する趣旨のものだった。証人も、見つけてきた。石崎と話をしていたら、あとで、小坂井に、訊問されたという証人である。

それは、事実だったから、小坂井も、佐々木も、弁明しなかった。

マスコミを含めての抗議の前に、石崎は、犯人に違いないという小坂井の言葉など、消し飛んでしまった。

石崎の葬儀の時は、抗議の声も、最高潮に達した。

こんな時には、すぐ、抗議のためのグループができて、それが、圧力団体になっていくものだが、石崎の場合にも、同じだった。

警察の強引な捜査に対する抗議グループが生まれ、桜田門《さくらだもん》の周辺を、デモ行進した。

小坂井と、佐々木の自宅には、抗議の手紙や、電話が殺到した。

特に、電話は、ひどかった。こちらが出れば、「バカ、死ねー」と、叫んで切ってしまう。ただ、無言でいるという電話もあった。朝から、夜中まで、ひっきりなしに、かかってくるのだ。

小坂井や、佐々木自身は、我慢ができたが、家族が、大変だった。ことに、佐々木の場合は、まだ幼い娘がいて、夜中に、怖がって、泣き出した。仕方なく、妻と娘を、一時、親戚の家に、避難させたほどだった。

浜田刑事部長は、警察の捜査に、行き過ぎがあったことを認めて、謝罪し、小坂井と、佐々木を、事件の捜査から外すと共に、一カ月間の停職処分にした。

そうでもしなければ、この騒ぎは、収拾がつかなかったのだ。

抗議の声は、やっと、静かになっていった。

捜査方針も、当然、東京周辺の変質者一本に、絞られることになった。

改めて、何十人かの変質者のアリバイが、洗い直され、過去の三件について、アリバイのない二十九歳の男が、逮捕された。

名前は、中西勇《なかにしいさむ》である。

婦女暴行で、二回、逮捕されている男で、現在は、アル中だった。

それを、刑事たちは、犯人の証拠の一つと考えた。

若い女に対して、乱暴を働こうとするが、アル中のために、セックスができない。そのために、腹を立てて、相手を、殺害するのだろう、とである。

中西は、訊問中にも、アル中特有の症状を見せた。酒を飲ませると、急に、雄弁になり、とくとくと、女を殺した方法を、喋《しやべ》った。

酒がほしいために、訊問する刑事に、おもねるような自供をするのだと、考える刑事もいたが、本部長は、それを、犯人の証拠と、考えた。

警察全体が、この事件を、一刻も早く、解決したがって、いたのである。

起訴しても、恐らく、心神喪失《しんしんそうしつ》で、無罪になり、強制入院ということになるだろうといわれたが、中西を、起訴することになった。

今度は、抗議運動は、起きなかった。

捜査本部は、解散された。

停職になった小坂井は、無念やるかたない気持ちで、家に閉じこもっていたが、そんな彼のところへ、手紙が、届いた。

宛名は、小坂井様になっているのだが、差出人の名前は、ない。

（また、抗議の手紙か）

と、思った。抗議の手紙のほとんどが、匿名《とくめい》だったからである。

（それにしても、今さら、何を抗議する気なんだ？）

と、腹を立てながら、小坂井は、封を切った。

〈小坂井様
なぜ、私のいうことに、耳を貸してくださらなかったのですか？　あの時も、申し上げたのですが、犯人は、石崎さんではありません。他にいます。もちろん、中西勇というアル中の人でもありません。日本の警察は、優秀だと信じていたのに、皆さん、真実が、見えないのですね。
北海道にて〉

小坂井は、捜査本部に、抗議に来ていた若い女のことを、思い出した。

署名はないが、あの女の手紙に、違いなかった。

封筒の消印を見ると、札幌になっていた。

北海道を旅行している時に、この手紙を書いたらしい。

(石崎は、犯人だよ)

と、思いながら、この手紙が気になったのは、中西勇のことも、犯人ではないと、いい切っていることだった。

手紙の主は、「もちろん――」という強い言葉で、中西勇が、犯人ではないと、断言している。

マスコミは、中西勇が犯人という警察の発表に、同意している。

中西は、アル中で、婦女暴行の前科があるだけではなかった。定職を持たず、すでに六十歳を過ぎた両親から、金をせびり、断わられると、殴りつけていた。思い余った母親が、何度か、パトカーを、呼んでいた。

中西は、アパート暮らしだったが、近所の評判は、すこぶる悪かった。若い女を追いかけまわし、悲鳴をあげるのを喜んだり、入浴中を覗いたり、気に入らないといって、突然、相手を殴りつけたりするからである。

連続殺人の犯人でも、不思議はないと思われたのである。こうしたことは、すべて新聞に、出ている。

手紙の主も、読んだはずなのに、中西勇は、犯人ではないと、書いている。

（真犯人を、知っているということなのだろうか？）

だが、小坂井にいわせれば、真犯人は、石崎なのだ。

（手紙の主に、もう一度、会ってみたい）

と、思った。

確か、松本はるかと、名乗ったと、覚えている。小柄で、ＯＬ風の感じの女だった。

そして数日後。

小坂井は、朝刊に、次のような記事を見た。


〈小樽の運河で、若い女性の溺死体〉


という記事である。

身元不明の女性で、小柄なＯＬ風、身長は一五〇センチちょっとなど、特徴が書かれている。

普段の小坂井なら、別人かどうか、調べるところだが、今は、その気力がなかった。

（どうせ、死んでしまっているのだ。あの時の女としても、もう、何もきけないことに、

変わりはない)

と、考えてしまった。

佐々木が、訪ねて来たのは、そんな時だった。話があるというので、小坂井は、家を出て、近くの公園に、佐々木を連れて行った。

そこへ行く途中で、小坂井は、手紙のことを、話した。

「なんなら、私が、その女のことを、調べて来ましょうか?」

と、佐々木が、いった。

「いや、調べても仕方がないだろう」

「しかし、気になるんでしょう?」

「なるが、調べても仕方がない。それより、君の話というのは、何なんだ?」

と、小坂井が、きいた。

「実は、警察を辞《や》めようと、思っています」

と、佐々木が、いった。

「辞める?」

びっくりして、小坂井は、佐々木を見た。

「家内とも、相談しまして、辞める決心をしたんです。ずっと、迷惑のかけっ放しでしたから」

「今度の事件についての不満からかね？」

「不満というより、辞めるべきだと、考えたのです。私としては、今度の事件は、忘れたいのです。しかし、警察にいる限り、忘れられない気がします。ですから――」

「しかし、君は、今、手紙の主の女のことを、調べてみましょうかと、私に、いったじゃないか？」

と、小坂井は、きいた。

「辞めるからには、心残りが、ないようにと思ったのです。警部が、どうしても、手紙の件を調べたいといわれれば、私は、調べたあとで、退職するつもりです」

と、佐々木は、いう。

「どうしても、辞めるのかね？」

「はい。家内にも、辞めると、いってあります」

「君がいてくれないと、私は、困るんだがねえ」

「優秀な刑事は、いくらでもいますよ」

「本当に、頼りになるのは、いないものだよ」

と、小坂井は、いった。

「そういって、頂いて、有難いと思うのですが」

佐々木は、言葉を、濁《にご》した。

佐々木は、口数が少ない男である。必要なことしかいわなかった。

それだけに、辞めるというのを、翻意《ほんい》させるのは、まず、無理だろうと、思った。小坂井自身も、頑固だが、佐々木も、負けずに、頑固である。

「辞めて、何をするんだ?」

「平凡な、普通のサラリーマンを、やろうと思っています。そのほうが、家内は、安心だというものですから」

と、佐々木は、いった。

「私も、君と一緒に、辞めたいんだが、そうもいかん」

小坂井がいうと、佐々木は、

「そんなことは、気にしないでください。私は、勝手に、辞めるんです。警部は、今後も、警察に、必要な方です」

「君は、まだ、石崎が犯人だと、思っているかね?」

「思っています」

「そうか」

と、小坂井は、うなずいてから、

「辞める君に、余計なことを、きいてしまったな。事件のことは、忘れたまえ」

と、つけ加えた。

翌日、佐々木は、停職中だが、警視庁に行き、井上捜査一課長に、退職願を出した。

「そうか。辞めるのか」

と、井上は、いった。

二十年の空白

井上課長は、別に、佐々木を慰留しなかった。

むしろ、石崎を犯人と断定し、自殺に追いやった小坂井と佐々木のうち、片方が、自ら辞職してくれたことを、歓迎しているような空気があった。

新聞のなかには、佐々木が、今度の事件の責任をとって辞《や》めたのだろうと書いたものもある。

小坂井は、警視庁に、残った。

一時、デスクワークにまわされたが、一年後、現場に、復帰している。

しかし、大事件で、チームを組んでの捜査の時には、ほとんど、参加できなかったし、彼のほうでも、一匹狼の捜査を好んだ。佐々木刑事が辞めてしまったので、本当に孤独な捜査に、終始したといってもいい。

この年、亀井が、捜査一課に、入って来た。

亀井が、二十七歳の時だった。

十津川が、捜査一課に来たのは、さらに、四年後である。

好奇心の強い十津川は、捜査一課に入ってすぐ、小坂井に、興味を持った。

狷介《けんかい》な感じの刑事というのは、意外に多い。職業柄、自然に、そんな性格になってしまうのかもしれない。自信がなければ、凶悪な犯人を追っかけ、逮捕することはできないし、その自信過剰のせいで、どうしても、他人《ひと》からは、狷介に思われてしまうのである。

だが、十津川から見て、小坂井の感じは、ただの狷介さとは、どこか、違って見えた。

何か、秘密を持って、それを、持て余して、毎日、うつうつとして、楽しまないように、見えたのだ。

十津川が、そのことを、先輩の刑事に、質問すると、

「それは、日曜日ごとに起きた連続殺人事件のためさ」

と、五年前に起きた事件のことを、話してくれたのである。

小坂井警部は、誤認逮捕した揚句《あげく》、佐々木と二人で、相手を追いつめ、自殺させてしまった。そのことが、重いしこりになって、残っているのだろうと、いうのである。

だが、十津川が、見たところ、それだけではないような気がした。

（いろいろと、きいてみたいな）

と、十津川は、思ったが、仕事に追われたのと、小坂井の表情に、近寄りがたいところもあって、ききそびれて、過ごした。

十津川が、小坂井と二人だけで、ゆっくり話し合うチャンスを持ったのは、十津川が、刑事になって、三年目である。

ある事件が解決したあと、十津川が、小坂井を、夕食に誘った。

「いろいろと、先輩の小坂井さんに、お話を伺いたいのです」

と、十津川は、本心でいった。その気持ちも、あったからである。

新宿西口のビルの五階にあるレストランだった。

「おれの話なんか聞いても、仕方がないぞ」

と、小坂井は、いったが、つき合ってくれた。

小坂井も、誰かに、話をしたい気分になっていたのだろう。

小坂井は、ほとんど、箸《はし》をつけず、その分、酒をよく飲んだ。

「本当は、医者に、酒をつつしむように、いわれているんだがね」

と、いいながらも、小坂井は、盃《さかずき》を重ねていった。

「小坂井さんは、何か、心に、わだかまるものがあるんじゃないかと思っていたんですが、違いますか？」

十津川が、きくと、小坂井は、じろりと、見返して、

「そんなことをきいて、どうするんだ？」

「ただ、知りたいんです」

十津川が、いうと、小坂井は、笑って、

「ただ、知りたいか」

「そうです。あの連続殺人事件のことが、今、どうなっているのかも知りたかったんです」

「どうもなってないさ。アル中の男が、犯人として逮捕され、事件も、解決しているよ」

「その青年は、今、どうなっているんですか？」

「裁判では、心神喪失で無罪になり、病院に入っていたが、去年、亡くなったそうだ」

「その男が、真犯人だったんですか？」

「君は、何が知りたいんだ。あの事件が最初に起きてから、もう七年以上たっているんだよ」

と、小坂井は、いった。

「しかし、小坂井さんのなかでは、まだ、終わっていないんじゃありませんか？」

十津川が、きいた。

小坂井は、すぐには、答えず、黙って、二杯、三杯と、盃を、重ねていたが、

「そうだねえ」

と、当惑した眼になった。

「小坂井さんは、石崎という男を、犯人として、追っておられたんでしょう？」

「そうだ。辞めてしまった佐々木君とね」

「小坂井さんは、今でも、石崎という男を、真犯人と、確信しておられるんじゃないんですか？」

と、十津川は、きいた。

小坂井の表情が、動いて、

「そう思っている人も、何人かいるらしい。だから、おれが、いつも、面白くなさそうな顔をしているんだとね」

「違うんですか？」

「君にだけ話すんだが、それなら、悩みはしないよ。おれは、正しかったんだと思い、これからの事件に、体当たりしていけるからね」

「よくわかりませんが、小坂井さんは、アル中の男も、犯人ではないと、思っておられるんでしょう？」

「あれは、警察が、体面を保つためと、マスコミを納得させるために、逮捕したんだと、思っているよ」

と、小坂井は、いった。

「もし、この男が、シロなら、小坂井さんや、佐々木さんが正しくて、石崎が、真犯人だったということじゃないんですか？」

十津川は、首をかしげて、小坂井を見た。

「最近まで、そう考えていたんだがねえ」

「違うんですか？　小坂井さんたちも、間違っていたというわけですか？」

「はっきり、そう思っているわけじゃないんだがねえ」

小坂井は、急に、口が重くなってしまった。十津川に、喋《しゃべ》ってしまったことを、後悔しているようでもあった。

十津川は、小坂井が、何を隠しているのだろうと、思いながら、

「事件は、あのあと、どうなったんですか？」

と、きいた。

「あのあとというのは、どういうことだね？」

「石崎が、自殺し、アル中の男が、逮捕されたあとです。若い女に対する連続殺人事件は起きなくなったんですか？」

「ぴったりと、起きなくなったよ。だから、刑事部長なんかは、アル中の男が、犯人だという何よりの証拠だと、自信を深めたし、マスコミも、納得したんだ」

「それなら、もし、この男が犯人でなければ、小坂井さんと、佐々木さんが、逮捕しようとした石崎が、真犯人ということになるんじゃありませんか？　ああいう事件の犯人は、犯行を、急に、やめられるものじゃないと、聞いていますから」

と、十津川は、いった。

「まあ、そうだろうね」

「それなら、この二人のどちらかが、犯人だと、思いますよ。そして、小坂井さんは、アル中の男が、犯人のはずはないと、確信しておられるんでしょう？　それなら、小坂井さんは、正しい犯人を、指摘しておられたわけではありませんか？」

と、十津川は、きいた。

「そうならいいと、ずっと、思い続けて来たんだがねえ――」

小坂井は、語尾を濁《にご》した。

どうやら、小坂井は、あの時の自分の推理に、確信が、持てなくなっているように見えた。

しかし、小坂井は、最後まで、確信が持てなくなった理由や、それなら、真犯人を、誰だと考えているのかについては黙っていた。

その後、十津川は、小坂井に、あの事件について、きくチャンスがなかった。

小坂井は、若い十津川が、気に入ったのか、時々、一緒に飲みに連れて行ってくれたが、そんな時でも、あの話は、しなかった。十津川のほうでも、強《し》いて、きくこともしなかった。

さらに、何年かして、十津川は、警部補になり、警部に昇進した。

あの事件の時、今の十津川のように、警部だった小坂井のほうは、すでに、警察を辞め、酒好きが、たたって、病床に伏せるようになっていた。

病院に入院している小坂井から、会いたいという伝言を貰ったのは、事件から十九年目、つまり、去年の九月の末だった。

残暑の厳しい日で、十津川は、夜に入ってから、病院に出かけたのだが、それでも、三十度近い暑さだった。

台風が近づいていたが、雨は降りそうで降らない。

それで、余計、むし暑かったのかもしれない。

病室に入ってみると、小坂井は、意外に元気そうに見えた。

「今日、佐々木君が、見舞いに来てくれてね」

と、小坂井は、いった。

「佐々木さんというと、元、捜査一課におられた方ですね」

「そうだよ。例のあの事件の直後に、責任をとる形で、辞めた男だ」

「今は、何をしておられるんですか？」

「平凡なサラリーマンをしていたが、定年を過ぎて、嘱託《しょくたく》になったと、いっていたね」

「そうですか」

「佐々木君と、十九年前のあの事件の話になってね。いろいろと、話し合ったよ。彼も、あの時、すっぱり、警察を辞めたが、時々、あの事件を、思い出していると、いっていたよ」

「それだけ、佐々木さんにとっても、大きな事件だったということでしょうね」

「その通りだよ。私と、佐々木君にとって、あの事件は、まだ、過去のものになっていないんだ」

「佐々木さんとは、どんなことを、話し合われたんですか？」

十津川は、興味を持って、きいた。もし、それが、繰《く》り言《ごと》だったら、わざわざ、十津川を呼んだりはしないだろう。

「彼と議論したよ」

といって、小坂井は、笑った。

「事件についてですか？」

「佐々木君は、今でも、石崎が真犯人に違いないと、信じているといった。だが、私はね、それは、違うよと、いったんだ。それで、議論になった。だが、最後には、私の意見に、耳を傾けてくれたよ」

「石崎という男は、本当に、真犯人じゃなかったんですか？」

「断定はできないが、私は、少しずつ、石崎犯人説に、自信を失い、真犯人は、別にいるのではないかと思い始めた。この十何年かの間にね。それを、佐々木君に、話したんだよ」

と、小坂井は、ベッドに、起き上がった姿勢で、いう。

「もちろん、アル中の男が、犯人でもないわけですよね？」

と、十津川は、念を押した。

「そうさ。あれは、犯人なんかじゃない」

「じゃあ、犯人は、誰なんですか？」

「それは、わからないが、私が、石崎を追いかけていた時、一人の若い女が、訪ねて来た。その女が、石崎は、犯人じゃないと、私に、いった。人を殺せるような人間じゃない。私の父も、石崎さんに、助けられたとね」

「その女の言葉を、信じたんですか？」

「もちろん、その時には、信じるものか。前に、警察のOBなんかを使って、圧力をかけて来ていたから、今度は、泣き落としかと、かえって、反発したくらいだ。ところが、問題の石崎が、自殺してしまった。そのあと、妙に、彼女の言葉が気になり始めたんだ。しかし、どこの誰なのか、わからなかった。名前は、聞いていたんだが、どうせ、嘘《うそ》っぱちの話だと思ったから、まともに聞いていなくて、忘れてしまっていたんでね。そうしていると、彼女から、手紙が届いた。これが、その手紙だよ」

小坂井は、枕《まくら》の下から、古びた封筒を抜き出して、十津川に、見せた。

十津川は、変色した便箋《びんせん》を取り出して、眼を通した。

「書いてあることは、石崎は、犯人じゃなかったということですね。しかし、『北海道にて』とあるだけで、名前は、書いてありませんね」

「そうなんだ。彼女が、帰京すれば、電話をしてくるんじゃないかと、思っていたんだが、いつまで待ってもなかった。それに、小樽の運河に、若い女性が、水死体で、浮かんでいたというニュースがあった。記事を読むと、私を訪ねて来た女に、よく似ていたんだよ。しかし、同一人だという確証はなかった。それに、事件は、もう終わってしまったことになっていたので、私は、くわしく調べることができなかった」

「小坂井さんは、その若い女性が、ひょっとして、殺されたんじゃないかと、考えられているわけですか？」

十津川が、ずばりと、きくと、小坂井は、顔を紅潮させて、

「その可能性があると、考えたんだよ。彼女が、私に会い、また、北海道から、その手紙をくれた女で、何か知っているために、殺されたのではあるまいかとね」

と、いった。

「もし、それが、正しければ、石崎犯人説は、怪しくなりますね」

「佐々木君も、私の話を聞いたあと、同じことを、いったよ」

「小坂井さんは、ずっと、その疑問を、持ち続けて来られたんですか？」

と、十津川は、きいた。

「いや、だんだんに、私の胸のなかで、その疑問が、大きくなっていったんだよ。私は、石崎を、犯人と確信して、追い詰めていった男だよ。それに反するような考えを、すぐ、受け入れられるものか。だから、徐々にだよ。変わっていったのは」

「もう一度、あの事件を、調べ直す気は、なかったんですか？」

「あったよ。非番の時に、何度か、調べ直そうとした。ところが、その度に、刑事部長に呼びつけられて、バカなことをするなと、叱責《しっせき》された。まるで、監視されているみたいに、すぐ、呼びつけられたね。脅迫電話も、かかったよ」

と、小坂井は、いった。

「どんな脅迫電話ですか？」

「無言の電話もあったし、すでに解決している事件を、むし返すなと、男の声で、いわれたこともある」

「なぜ、そんな脅迫電話が、かかってきたんですかね？」

と、十津川は、きいた。

「わからんね。日本の警察のことを思う人の忠告かもしれないし、あの事件を、掘り起こされると困る人間がいるのかもしれない。どちらか、私にも、わからなかった。今も、わからん」

小坂井は、首を小さく振った。

「今、事件の関係者は、どうしているんですか？」

「どうしているのかな。石崎の後ろ楯《うしろだて》になっていた堀江代議士は、あのあと、もう一度、大臣になったが、五年前に、亡くなっている。息子さんが、その地盤を引きついで、三年前の選挙で、当選したはずだよ」

「事件当時、警察のＯＢの方が、圧力をかけて来たと、聞きましたが――」

「あの人は、まだ、健在で、今や、政界の長老だよ。確か、七十何歳だと、思うんだが」

「その人なら、名前は、知っています」

と、十津川は、微笑した。

松田確一郎《かくいちろう》である。警察のＯＢというより、旧内務官僚といったほうが、いいだろう。法務大臣にもなったことがあり、大声で、威圧するような喋り方をする男だった。

「堀江さんの顧問弁護士は、どうなりました？」

「あの人も亡くなったよ。今は、同じ法律事務所にいた、竹内《たけうち》弁護士が、堀江家の顧問弁護士になっていると、聞いたよ」

「名前は、聞いたことがあります。なかなか優秀な弁護士という噂《うわさ》です」

「何よりも、困るのは、もう二十年近くたってしまっていることなんだ」

と、小坂井は、いった。

彼は、急に、疲れた表情になった。

「真犯人が、生きているとしても、すでに、時効が、成立していますね」

と、十津川は、いった。

「そうなんだが――」

「大丈夫ですか？」

「ああ、大丈夫だ。それに、君に話したので、少し、気が楽になったよ。今日まで、ずっと、事件のことが、棘《とげ》みたいに、ささっていてね」

小坂井は、肩を落とすようにして、いった。

「石崎が、シロで、無実の男を、自殺にまで追いやってしまったという自責の念のためですか？」

と、十津川は、きいた。

「それもあるが、私の自慢は、手がけた事件は、すべて、解決してきたということなんだ。ところが、たった一つ、この事件だけは、解決していない。それどころか、今、君がいったように、無実の人間を、自殺に追いやってしまったのかもしれない。それが、何とも、残念でね」

「これから、どうされるつもりですか？」

「この病気が治ったら、一人で、もう一度、事件を、掘り起こしてみようと、思っているんだがね」

と、小坂井は、いった。

「大丈夫ですよ。すぐ、治りますよ」

と、十津川は、励まして、別れたのだが、小坂井が、急死したのは、ふた月後だった。

直接の死因は、肺炎だったが、医者の話では、小坂井の身体《からだ》は、すでに、ボロボロになっていて、抵抗力を、失ってしまっていたのである。

葬儀には、三上刑事部長をはじめとして、警視庁の何人かが、参列したが、そのほとんどが、焼香をすませると、そそくさと、帰って行った。

そのことが、警視庁での小坂井の立場を、よく表わしているようだった。

十津川が、残っていたのは、佐々木が、来るのではないかと、思ったからである。

佐々木は、遅れて、一人で、やって来た。

その佐々木を、十津川は、つかまえて、病院で、小坂井の話を聞いたことを、いった。

「佐々木さんの話も、出ましたよ」

「そうですか——」

「病気が治ったら、あの事件を、もう一度、調べ直したいとも、おっしゃっていましたがね」

「私にも、同じことを、いわれていたんですがねえ」

と、佐々木は、眼をうるませた。

「佐々木さんは、どうなさるんですか？」

「私ですか？」

と、佐々木は、きき返してから、

「さあ、どうしたら、いいですかねえ。私一人では、何もできない気もするし――」

「しかし、警察を辞《や》められてからも、あの事件のことは、気になっていたんじゃありませんか？」

と、十津川は、きいてみた。

佐々木は、少し考えてから、

「気にならなかったといえば、嘘になりますがねえ。私が、警察を辞めた時、家内に、今後は、家族のことだけを考えて、働くと、約束しました。娘も、幼かったですからね。あの事件のことは、極力、忘れようと、努めてきました」

「小坂井さんを病床に見舞われて、何か、話されたんでしょう？」

「ええ。いろいろとね」

「もちろん、あの事件のこともでしょうね？」

「ええ」

「今もいったように、小坂井さんは、あの事件のことを、話してくれましてね。私が意外だったのは、石崎という自殺した男を、真犯人とは、思っていないように、いわれたことなんですよ」

と、十津川は、いってから、相手の反応を見るように、佐々木の顔を、覗《のぞ》きこんだ。

しかし、佐々木は、十津川の言葉には、乗ってこなかった。

「いろいろと、話をしました。当然、警察時代の思い出が多くなりましたから、あの事件のことも、話題になりましたよ。今、あなたがいわれたようなことも、聞きました。しかし、何分にも、もう、二十年近く昔のことですからね。私自身も、普通の生活に入って、約二十年です。もう、忘れたといってもいいことです」

「小坂井さんの遺志をついで、あの事件を、もう一度、調べ直してみる気はありませんか?」

と、十津川は、きいた。

佐々木は、あっさりと、首を横に振って、

「その気はありませんね。確かに、小坂井さんは、私の上司でしたし、二人で、コンビを組んで、仕事をよくしました。しかし、何といっても、すでに、二十年近い空白があるんです。今さら、何かしようと思っても、昔みたいに、頭も、身体も、動きませんよ」

と、いって、笑った。

そのまま、佐々木と別れたのだが、十津川は、彼の態度に、疑問を持った。

十津川が、捜査一課に入った時、すでに、佐々木は、辞めてしまっていたが、彼の人となりについては、聞いたことがあった。

それによると、佐々木は、生真面目《きまじめ》な性格で、中途半端なことは、嫌いだということだった。

あの事件は、佐々木にとって、中途半端な解決だったはずである。性格的に考えれば、あの事件を、何年かかっても、解決したいと、思うのではないか。

それなのに、なぜ、そっけない態度を示したのだろうか？

（本音だったのだろうか？）

しかし、その後半年すぎても、佐々木は、何の動きも見せないようだった。

十津川自身も、日々の事件に追われて、あの事件のことも、佐々木のことも、忘れがちになっていた。

事件と、事件の合間に、小坂井や、佐々木のことを考えることはあったが、小坂井が、すでに亡くなってしまい、佐々木が、あの様子では、事件は、やはり、過去のものとして、忘れ去られてしまうのだろうと、思った。

十津川は、亀井と、あの事件について、話し合ったことがある。

亀井は、佐々木に、興味を持っていた。

小坂井と佐々木の関係に、自分と、十津川の関係を当てはめて考えていたのかもしれない。

「佐々木さんが、あの事件のことを、諦《あきら》めているとは、思えませんね」

と、亀井は、いった。

「しかし、もう、自分とは、無関係みたいな口振りだったがねえ」

十津川は、佐々木との会話を思い出しながら、亀井に、いった。

「二十年近い空白のせいですか」

「ああ、そうだ。もう忘れたし、調べ直す気力もなくなっていると、いっていたよ」

「それは、刑事の性格に反しますよ」

と、亀井は、いった。

「反するかね？」

「彼は、典型的な刑事だったと思うんです。昔気質《かたぎ》の刑事です。自信家で、一直線に進む男です。だからこそ、二十年前に、あっさり辞めてしまったんだと思いますね。警察の方針に、我慢ならなかったんでしょう。そんな人間は、一つの信念を、ずっと、持ち続けているものです。二十年たったって、同じですよ」

「しかし、この二十年間、彼は、何もしなかったんだ。ひたすら、平凡に、普通のサラリーマン生活を、してきたんだよ」

「知っています。しかし、何か、きっかけがあれば、彼は、二十年前の事件でも、また、調べ直しますね。それは、確実だと、私は、思っています」

と、亀井は、いった。

「そうかな」

十津川は、まだ、亀井の言葉を、信じかねていた。

亀井のほうが、十津川より、年長だし、苦労しているだけに、人間を見る眼は、確かだろう。それでも、佐々木が、また、あの事件を、調べ始めるかどうか、十津川には、わからなかった。

小坂井の葬儀で、佐々木と会ってから三日後、十津川は、突然、三上刑事部長に、呼ばれた。

口やかましい三上に呼ばれた時は、ろくなことはないので、十津川は、覚悟して、部長室へ行った。

三上は、やはり、不機嫌だった。

「妙なことに、首を突っこむのは、やめたまえ」

と、三上は、いきなり、いった。

とっさに、何のことかわからなくて、十津川は、

「妙なことといいますと？」

「二十年も前の事件のことだよ。すでに、解決した事件のことを、君は、まさか、再調査

しようと考えているんじゃあるまいね?」

三上は、詰問する口調で、いった。

「とんでもありません」

「しかし、以前捜査一課にいた小坂井君を、病院に訪ねたり、佐々木君に会って、話をしたりしていると、聞いたがね。あの二人と、二十年前の事件のことを、話し合ったんじゃないのかね?」

「連続女性殺人事件のことを、おっしゃっているんでしょう? それなら、話は、聞きました」

「それで、君は、何をするつもりなのかね?」

「ただ、話を聞いただけです」

「彼らの考えに、賛成したのかね?」

「興味はありましたが、別に、賛成はしていません。第一、あの事件は、私が、警察に入る前に起きた事件です。詳しい事情を知らない私に、あれこれ、判断ができるはずがありません」

と、十津川は、いった。

三上は、それで、いくらか、表情を和《やわ》らげたが、なおも、釘を刺すように、

「君は、少なくとも、警察の人間だ。それを忘れては困る。もし、佐々木君が、あの事件

を、掘り起こすようなバカな真似をしたら、それを、止めてくれなければ、いかんのだよ。そういう立場にいることを、自覚してほしいのだ。わかるかね？」

「彼も、もう一度、調べる気はないように思いますが」

と、十津川は、いった。

「本当に、そう思っているのかね？」

「違うんですか？」

「それなら、私が、心配することはないが、いろいろと、調べてみると、佐々木という男は、思いこむと、一途《いちず》になる性格らしい。小坂井君が亡くなって、その遺志を継ごうなどというバカな考えを持つかもしれない。奥さんが、十月末に、亡くなっていることもあるしね。もし、彼が、あの事件を、再調査し始めたりしたら、マスコミが、どう考えると思うね？」

「わかりませんが――」

と、十津川は、わざと、とぼけて、いった。

三上は、また、難しい顔になって、

「マスコミは、いつも、事あれかしと、待ち構えているものだ。それに、佐々木君にだって、元警視庁捜査一課刑事の肩書きが、ついてまわる。その人間が、昔の事件を、調べ直しているとなれば、あの事件には、何かあったのではないかと、痛くもない腹を探られることになるんだよ。警察の威信に、傷がつくんだよ。わかるかね」

と、三上は、いった。

よみがえる過去

十津川が、部屋に戻ると、亀井が、心配そうに、近寄ってきて、

「何かあったんですか？」

と、きいた。

十津川は、刑事部長の話を、亀井に、伝えた。

「部長は、そんなことを、心配しているんですか？」

亀井は、呆《あき》れたような表情をした。

「しかし、カメさん。部長の心配も、もっともなところがあると思うんだよ」

「佐々木さんが、また、あの事件を、掘り返すと、本気で、思っているんですかね？」

「思っている」

「しかし、佐々木さんに、その気があるかどうか、私はわかりませんね」

と、亀井が、いう。

「私も、同じように考えていたんだが、違うかもしれない」

「と、いいますと、佐々木さんは、やる気なんですか？」

「部長の話で、知ったんだが、佐々木さんの奥さんが、亡くなったらしい」

「そうですか。しかし、それが、例の事件と、どんな関係があるんですか？」

亀井が、わからないという顔で、十津川を見た。

「佐々木さんは、警察を辞《や》めてから、奥さんや、子供に心配をかけまいと思い、ひたすら、新しい仕事に、打ちこんで、今日まで、やってきたんだ。もちろん、あの事件のことも、忘れてだ。奥さんが亡くなって、その一つのカセが外れたようなものだし、それに、幼かった娘さんも、もう、二十歳《はたち》を過ぎて自立している。だから、部長は、佐々木さんが、あの事件を、また、掘り返すんじゃないかと、心配しているんだよ」

「なるほど」

と、亀井は、うなずいたが、

「それにしても、部長は、佐々木さんのことを、いろいろと、調べていたわけですね？佐々木さんの奥さんが、亡くなったことまで、知っているというのは――」

と、感心したように、いった。

「それだけ、部長が、心配しているということなんだろうね。それも、無理はないと思うんだな。あの事件では、石崎という男を、自殺に追いこんで、当時、マスコミの集中攻撃を受けている。それを、むし返されては、堪《たま》らないということだろう。また、マスコミに、あれこれ、書かれるのは、目に見えているからね」

「しかし、佐々木さんは、今は、一人の民間人です。彼が、何をしようと、それを、止めることは、できないんじゃありませんか？」

と、亀井が、きいた。

「だから、部長は、もし、佐々木さんが、調べるようなことを始めたら、君からも、やめるように忠告してくれと、いったよ」

と、十津川は、三上の表情を思い出しながら、亀井に、いった。

「部長の心配も、わからないことは、ありませんが——」

亀井は、そういったが、まだ、完全には、納得できない顔で、

「佐々木さん、一人で、何ができますかねえ。この空白は、大きいですよ。それに、もう二十年も、時間が、経過してしまっているんです。この空白は、大きいですよ。それに、もう二十年も、時間が、経過してしまっているんです。石崎という男や、中西勇が、犯人とは思っていないとしても、死んだ小坂井さんと同じで、石崎という男や、中西勇が、犯人とは思っていないとしても、真犯人を見つけ出せるとは、思えないんです。その点、部長が、心配することはないんじゃありませんか？」

「その点なんだがねえ——」

と、十津川は、語尾を濁《にご》して、少しの間、考えていたが、

「部長は、はっきりいわなかったが、佐々木さんのことを、心配している感じだったね」

「それは、どういうことなんでしょうか？」

と、亀井が、きく。

「これは、あくまでも、私の推測でしかないんだがね。あの事件の関係者で、まだ生きている人たちもいるし、警察の威信を何よりも大切に考え、それを、毀《こわ》そうとする人間を、激しく憎む人もいる。そういう人たちの反発を、部長が、心配しているんじゃないかと、思ったんだよ」

「つまり、佐々木さんが、危険にさらされるかもしれないということですか?」

「部長は、暗に、そういっていたような気がしたんだ。もちろん、部長の第一の心配は、警察の威信ということだろうと思うがね」

と、十津川は、いった。

「それで、警部は、どうなさるおつもりですか?」

亀井が、真剣な表情で、きいた。

「私はね、正直にいって、あの事件を、自分なりに、調べてみて、疑問を持った。だから、佐々木さんが、もう一度、調べ直すのなら、それを、見守っていきたいと、思っていたんだがね。部長の危惧《きぐ》も、見逃せないんだ。だから、佐々木さんのために、何もしないように、忠告したい気持ちにも、なっているんだよ」

「警部も、佐々木さんが、危険だと、思われるんですか?」

と、亀井が、きいた。半信半疑の表情だった。

「そんな気がするね」

と、十津川は、正直に、いった。

死んだ小坂井は、石崎は、犯人ではなかったのかもしれないと、いった。

小坂井の考えが、果たして、正しいかどうか、十津川には、わからない。

十津川が、あの事件を調べたといっても、十九年前、捜査一課が、どんな捜査をしたか、その記録を、読んだだけである。ただ、勘で、疑問ありと、思っただけなのだ。

だから、正しい判断はできないのだが、佐々木が、あの事件をむし返せば、いろいろな方面に、波紋を投げかけるだろうことは、想像できた。


今年になって、十津川の危惧が、現実になった。

二十年間勤めた会社を辞めた佐々木が、あの事件を、また、調べ始めたのである。

二十年前には、五歳だった一人娘も、二十五歳になり、また、彼に、事件のことは忘れてくださいといった妻も、昨年、亡くなっている。

佐々木にしてみれば、何の心配もなく、あの事件を、調べられるという気になったのだろう。

佐々木が、動き出したという話を聞いて、十津川は、心配になり、彼の家に電話をかけたのは、今年の七月九日の夜である。

電話に出たのは、佐々木の娘の季見子だった。

佐々木は、旅行に出ているという。

十津川は、心配になって、帰宅したら、すぐ、連絡してくれるように頼んだのだが、その返事が、なかなか、来なかった。

十津川は、もう一度、電話してみた。

今度も、季見子が出て、佐々木は、まだ、帰って来ないといい、七月八日の夜に、佐々木が、置き手紙をしていった、とつけ加えた。その手紙を、電話口で、読んでくれた。

〈用事があって、小樽へ行ってくる。十日の夜には、帰れるはずだ〉

小樽という地名で、十津川は、佐々木が、やはり、あの事件を、調べ始めたという確信を、持った。

生前、小坂井が、小樽の運河で、死んだ若い女性のことを、話してくれていたからである。

その女性は、小坂井に向かって、石崎は犯人ではないと、いったという。

佐々木は、明らかに、二十年前、小樽の運河で死んだ女性のことを、調べに行ったに、違いないのである。

恐らく、その女性の死にも、疑問を持っていたのだろう。

十津川の心配した通り、佐々木は、置き手紙の十日になっても、帰って来なかった。

娘の季見子が、心配して、十津川に、電話して来た。

彼女は、帰って来ない父を探しに、小樽へ行くという。

十津川は、当惑した。

佐々木は、二十年前のあの事件を調べ直して、危険にさらされていると、十津川は、思っている。

その佐々木を追いかければ、当然、娘の季見子にも、危険が、迫ってくる。

二十年前のあの事件を、掘り返されたくない人間がいて、佐々木を、どうかしたのだとすれば、娘の季見子も、危ないのだ。

十津川は、わざと、お父さんが帰るのを、待ちなさいと、そっけなく、いった。

だが、気の強い季見子がおとなしく引き退《さ》がるとは思えなかった。

それで、彼女に、護衛をつけた。

若い日下刑事を、彼女の家の近くに、張りこませたのだ。

十津川の不安は、適中して、季見子が、襲われた。

彼女の家の中を、家探ししていた男にである。

日下刑事が、飛びこんで、季見子を助けたが、危ないところだった。

「犯人は、ただの物盗《ものと》りとは、思えませんね」

と、その時、亀井が、十津川に、いった。

「カメさんも、そう思うか?」

「佐々木さんが、あの事件を調べ始めたので、どこまで、調べたのか、それを知ろうと、忍びこんだんじゃないかと、思いますね」

と、亀井は、いった。

十津川も、同感だった。が、この事件は、単なる物盗りの事件として、処理された。それが、上のほうの考えだったし、十津川も賛成した。

これ以上、佐々木季見子を、危険にさらしたくなかったからである。

だが、季見子が、それで、納得するとは、思えなかった。

だから、彼女は、行方不明になった父を探しに、北海道へ出かけて行った。

「困ったよ」

と、その時、十津川は、眉をひそめて、亀井にいった。

「ますます、彼女が、危なくなりますね」

「と、いって、北海道に行くのを、やめさせるわけにはいかない。父親を探したいというのは、娘としたら、当然の願いだからね」

「どうしますか?」

「やはり、誰かを、北海道に行かせて、陰から、見守るより仕方がないだろうね」

と、十津川は、いい、三上刑事部長とも相談のうえ、日下を、行かせることにした。

北海道でも、十津川の危惧は、適中した。季見子は、襲われなかったものの、彼女が、父親のことをきこうとした小樽の行商の女性は、自殺に見せかけて、殺されてしまった可能性が高い。

さらに、東京に戻っていた佐々木が、井の頭公園で、殺されてしまった。

佐々木は、十津川の自宅の電話番号を書いたメモを持っていた。何かを、十津川に知らせようとして、殺されたのである。

明らかに、あの事件のことで、佐々木は、何かを見つけて、それを、十津川に、知らせようと思ったのだ。

捜査本部が、できた。

しかし、捜査を始めてすぐ、犯人と名乗る男が、自首してきて、この事件は、あっさり、解決してしまった。

北原行夫という、どう見ても、チンピラにしか思えない男が、金がほしくて、通りかかった佐々木を襲い、殴り殺したのだという。

（信じられない）

と、十津川は思ったのだが――

北原が、どんな男なのか、あまり詳しくは、調査されなかった。

通り魔的な犯罪だし、被害者の佐々木と、何の関係もない男だから、犯人について調べることは、意味がない。捜査本部は、そう判断したのである。

普通の場合なら、それでいい。犯人は、自供しているし、凶器も見つかったからだ。

しかし、十津川は、首をかしげていた。二十年前の事件のことがあったからである。

佐々木は、あの事件を、再び、調べ始めていた。

そして、佐々木は、殺される直前、十津川に、電話しようとしていたのだ。

捜査本部が、解散してしまったあと、十津川は、佐々木が殺されていた井の頭公園に、足を向けた。

どんよりとした曇り空で、今にも、雨になりそうな気配のせいか、まだ、午後四時を過ぎたばかりだが、人の気配は、ほとんどなかった。

急に、「警部」と、呼ばれて、振り向くと、亀井が、手を上げて、近づいてくるところだった。

「きっと、ここに来ておられると思っていましたよ」

と、亀井は、十津川と、並んで、歩きながら、笑顔を見せた。

「別に、ここで、何かを調べようという気はないんだ」

と、十津川は、いった。

「わかっています。犯人は、北原に間違いありませんからね」

「そうなんだ。彼が、佐々木さんを殺したことは、間違いないさ。問題は、誰が、やらせたかだよ」

「そうですね。北原は、傷害の前科がありますが、物盗りで、相手を殺したことはありません。誰かに指示されて、佐々木さんをやったことは、間違いないと、私も、思います」

「しかし、あの顔を見ていると、そのことは、話さないだろうね。よほどのことが、ない限りね」

「それに、もう、地検に身柄が行ってしまっています」

「わかってる。二十年前のあの事件が、動機になっていると思うんだが、カメさんも、同じかね？」

「もちろんです。佐々木さんが、物盗りで殺されたはずがありませんから、考えられる理由は、ただ一つです。二十年前の事件を、彼が、掘り返していたからですよ」

「犯人が、それを好まず、チンピラを使って、佐々木さんの口を封じたか？」

「ええ、そう思います」

「佐々木さんは、何かを見つけたのかな？」

これは、自問の形だった。

亀井は、黙っているし、十津川も、黙って、しばらくの間、二人は、並んで、公園の中を歩いていた。

小雨が降り出した。

二人は、近くの喫茶店に入って、コーヒーを注文した。

「やはり、あの事件の犯人は、自殺した石崎じゃなかったんだよ」

と、十津川は、コーヒーを、ゆっくりかきまわしながら亀井に、いった。

「佐々木さんが、殺されたからですか？」

と、亀井が、きいた。

「そうだ。二十年前の事件で、警察は、変質者を、犯人として逮捕した。この男も、病院で亡くなった。小坂井さんと、佐々木さんは、石崎を追い、追われた石崎は、自殺した。もし、この二人のどちらかが、犯人だったとしたら、二十年後の今、佐々木さんが、いくら、動きまわっても、誰も、不安にはならないはずだよ。真犯人が、別にいたからこそ、佐々木さんが、邪魔になって来たんだ」

「もう一つ、考えられることがあります」

と、亀井が、いった。

「何だい？」

「石崎が、犯人だったとしても、もし、あれが、自殺でなければと、思うんです」

「石崎が、殺されたということかね？」

「そうです。彼が、女性を何人も殺した犯人として、逮捕されるのは、まずいと考えた人間が、彼を、自殺に見せかけて、殺してしまったということも、考えられますよ。二十年後の今、それを知られたくないので、佐々木さんを、殺したんじゃないでしょうか？」

と、亀井が、いう。

「石崎が、犯人で、逮捕されると、傷がつく人物というと、堀江代議士だが」

「そうです。堀江代議士です。石崎は、堀江代議士の可愛《かわい》がっていた男です。大臣までやった人です。もし、石崎が逮捕されたら、いやでも、堀江代議士の名前が出ます。それも、猟奇的な事件の犯人として、石崎が逮捕されるわけですからね。堀江代議士が、石崎を殺したとは思えませんが、取り巻きの人間が、自殺に見せかけて、殺したんじゃないでしょうか？」

「警察に、犯人扱いされたので、死んで、抗議した形にしてか？」

「そうです。しかし、二十年後の今、佐々木さんが、あの事件を掘り返して、その仕掛けが明るみに出るのが怖くて、口を封じたことも考えられると思います」

と、亀井が、いった。

「しかし、堀江さんは、もう亡くなっているよ」

「二十年前に、石崎を、自殺に見せかけて殺した人間は、まだ、生きているんじゃないかと、思います」

「その頃、堀江さんの取り巻きだった人間の一人か？」

「そうです」

と、亀井が、いう。

「その推測も、なかなか、面白いがね——」

と、十津川は、考えこんだ。

「カメさんの意見と、私の考えが、どちらも正しいことも、あり得るよ」

と、十津川は、いった。

亀井は、眼を大きくして、

「二つを兼ねるといいますと？」

「犯人は、石崎じゃなくて、別にいた。それが私の意見だ。カメさんは、堀江代議士の取り巻きが、堀江代議士に、災いがかかるのを心配して、石崎を、自殺に見せかけて、殺したのだと、いった。この二つを、つないでみたらどうかと、思ったんだよ。犯人は、別にいた。しかし、その真犯人が捕まると、堀江代議士に迷惑がかかる。その途中で、食い止めなければならない。そう考えた人間が、石崎に自殺させ、それを、警察に対する抗議の死ということで、圧力をかけて来たのではないかと、考えてみたんだがね」

「同時に、石崎の口も封じたということでしょうか？」

「たぶん、それもあったろうね。つまり、真犯人がいたとすると、その人間を、石崎が、知っていたことになる」

「石崎の身近にいた人間ですか？」

「そして、堀江代議士の知り合いなんだと思うね。だから、その人間が、犯人として、逮捕されては、堀江代議士の名声に、傷がつくと、判断したんじゃないかね」

「佐々木さんは、真犯人が、わかったんでしょうか？」

「いや、もし、わかっていたら、何か、残しているはずだし、小樽へ行ったくらいでは、わからなかったと思うね。ただ、ヒントになるようなものは、見つけたんじゃないか。だから、私に、電話して、相談しようと思ったのじゃないかと、考えているんだがね」

と、十津川は、いってから、急に、疑わしい顔になって、

「その佐々木さんが、殺されたことを考えると、二十年前の空気は、まだ、残っていると見なければいけないな」

「石崎を自殺させて、事件を、強引に、葬ってしまった空気ということですか？」

「そうだ。小坂井さんや、佐々木さんに、調べられては困る空気が、二十年前にあった。それが、まだ、あるんじゃないかと、思うんだよ。とすると、それは、危険なことでね。佐々木さんが消されたように、あの事件をもう一度、調べようとする人間に、危険が及ぶことが、考えられるんだ」

「佐々木さんの娘さんのことですか？」

と、亀井が、きいた。

「今のところは、彼女が、一番、危ないね。気の強そうな娘さんだから、一人でも、父親の事件を、調べようとするだろう。そして、嫌でも、二十年前の事件に、ぶつかる。その時が危ないな」

十津川は、本当に、心配そうに、いった。

「どうしますか？」

と、亀井が、きいた。

「彼女には、調べるのは、やめるように、いったんだがねえ」

「彼女は、承知しませんか？」

「佐々木さんが、無事だったら、無事で、あの事件を掘り返すのをやめていたら、われわれも、安心して、いられたんだが、逆になってしまった。佐々木さんは、殺され、彼女は、意地でも、父親の死の真相を知ろうとするだろうね」

「北原が、殺したということで、彼女は、納得しませんか？」

と、亀井が、きいた。

「一時的に納得はするかもしれないが、どうしても、疑問を持つようになるさ。それは、眼に見えてるよ」

十津川は、肩をすくめるようにして、いった。

亀井は、煙草《たばこ》に火をつけ、公園の池に、眼をやった。

「何とかして、彼女を、助けてやりたいですね」

と、亀井が、いった。

「そりゃあ、助けてやりたいがね。彼女を助けるとなると、自然に、われわれも、二十年前のあの事件に、ぶつかることになるよ」

と、十津川は、いった。

「許されませんかね？」

亀井が、きく。

「上のほうは、絶対に許さないさ。佐々木さんを殺したのは、北原だ。それで、解決している。もちろん、二十年前のあの事件もだよ。部長だって、解決済みの事件を、掘り返すのは、喜ばんさ」

と、十津川は、重い口調で、いった。

「しかし、佐々木さんの娘さんを、放ってもおけませんよ」

亀井は、強い調子で、いった。

十津川は、そんな亀井を、見つめた。苦労人で、思慮分別のある男だが、同時に、激しい性格も、持ち合わせている。

それを、十津川は、「カメさんのほうが、私より若いね」と、いうのだが、純粋ということでもあるのだろう。

「私も、彼女を、守ってやりたいと、思っている」

と、十津川は、いった。しかし、続けて、

「でも、われわれに、何ができるだろうか？　私も君も、警察という組織の一員だし、上の指示には、従わなければならない。他の事件が起きれば、その解決に、走りまわることになって、彼女のことを、見守っているわけには、いかなくなるからね」

「それは、よく、わかっていますが——」

「カメさんに、お願いがあるんだよ」

十津川が、いうと、亀井は、「わかっています」と、いった。

「私に、勝手に動くなといわれるんでしょう？」

「ああ、そうだ。カメさんは、私より年上だが、私より、純粋だからね。心配なんだよ」

「大丈夫です」

と、亀井は、笑った。

静かな日が、何日か続いた。

佐々木元刑事が、井の頭公園で殺された事件は、表面上は、忘れられていくように見えた。

新聞や、テレビは、もう、この事件を、取りあげなくなったし、犯人が、北原というチンピラだったことも、忘れられようとしていた。

しかし、いつまでも、忘れない人間もいたし、いるはずだった。

十津川も、もちろん、その一人だった。

事件に追われながらも、頭の隅に、佐々木の死や、彼の娘のことが、いつも、ちらついていた。

ことに、佐々木季見子のことが、気になって仕方がなかった。

彼女が、事件の結末に、満足しているはずがないと、思うからである。

彼女は、父親が、二十年前の事件を、急に、調べ始めたのを知っていた。その父親が、物盗りのチンピラに殺されて、それで、終わりだということを、素直に、受け取ってはいないだろう。

（下手に動きまわらないでくれればいいが）

と、十津川は、思っていた。

前には、若い日下刑事を、彼女の護衛に差し向けたのだが、他の事件が起きれば、そんなこともできなくなってしまう。

その日下が、十津川に、

「彼女を、新宿で見かけました」

と、いってきたのは、新宿歌舞伎町で起きた殺人事件を、追っている時だった。

「彼女って、佐々木季見子をか？」

「そうです。今日の午後十時頃です」

と、日下は、いった。

「一人だったのかね？」

「そうです」

「映画でも、見に来ていたのなら、どうということは、ないがねえ」

と、十津川が、いうと、日下は、急に、真剣な眼つきになって、

「それが、気になったもので、しばらく、尾行してみました」

「それで？」

「彼女は、N組の人間を、探しているようなんです」

「N組って、あの辺を縄張りにしているヤクザ、のかい？」

「そうです」

「例の北原が、N組に、いたんだな？」

「N組のほうでは、北原が犯人として逮捕されたあと、すでに一年前に、破門していたといっていますが、本当かどうか、わかりません」

「やはり、彼女は、物盗りの犯行とは、信じてなかったんだな」

「北原が、誰かに頼まれて、父親を殺したと考えているんでしょう。それを証明したく

て、N組の連中に、近づこうとしているんだと思いますね」

「危ないな」

「危ないですよ」

と、日下は、いった。

佐々木が殺された事件に、N組が、関係しているかどうかは、わからない。

だが、素人《しろうと》の佐々木季見子が、N組の人間を見つけて、北原のことを、あれこれきこうとするのは、危険このうえなかった。

と、いって、現在、別の殺人事件を追っているのに、十津川が、N組に、乗りこんで行くわけには、いかなかった。

「N組の事務所は、どこだったかな？」

と、十津川は、日下に、きいた。

「歌舞伎町のKビルの二階です」

「彼女は、そこには、行かなかったんだろう？」

「行っていません。さすがに、彼女も、N組の事務所に入る勇気はなかったようですが、これから先は、わかりません」

「困ったな」

と、十津川は、呟《つぶや》いてから、

「今、調べている事件だがね」

「はい」

「N組が関係している様子はないかね?」

「ありません。それは、警部も、よく、ご存じだと思います。容疑者は、殺されたレストランの主人の周辺の人間です」

「日下君」

「はい」

「ひょっとするということもあるじゃないか。念を入れろということもある。今から、君は、一人で、N組の様子を、探ってくれないかね。N組の人間を訊問《じんもん》しなくていい。ただ、N組に出入りする人間を、チェックしてくれるだけでいい、頼むよ」

と、十津川は、いった。

日下が、ニッコリして捜査本部の新宿署を出て行ったあと、十津川は、難しい顔で、窓の外を、見やった。

「心配ですか?」

と、亀井が、声をかけてきた。

「一度、よみがえった過去というやつは、引き退がらないものらしいね」

十津川は、窓の外の暗闇を見つめたまま、いった。

「関係した人間が、生きている限り、無理でしょうね」

と、亀井が、いう。

「佐々木季見子が、もう少し、臆病であってくれたらいいんだが、真相を知りたくて、危険も、冒《おか》しかねない。困ったものだよ」

「彼女が、殺されでもしたら、われわれは、嫌でも、二十年前の事件に、引きずりこまれるかもしれません」

「カメさん。脅かさないでくれよ」

と、十津川は、いった。

「しかし、警部は、もしも彼女が殺されたら、上のほうが、何といおうと、やるでしょう？　二十年前の事件を、佐々木父娘に代わって、掘り返すんじゃありませんか」

「まだ、彼女は、死んではいないし、死なせたくないんだ」

と、十津川は、いった。

襲撃

歌舞伎町で起きた事件が、犯人の逮捕で、解決した七月二十八日の夜、捜査本部のある新宿署で、祝杯が、あげられた。

どの顔にも、一つの事件が解決したという満足感が、表われていたのだが、十津川は、そのなかに、日下刑事の顔がないことに、気がついた。

腕時計を見ると、すでに、夜の十二時に近い。

日下には、それとなく、佐々木季見子を守ってやれと、いってある。それで、N組のビルへ行っているのだと思ったが、時間が時間なので、気になった。

捜査本部長の音頭で、乾杯したあと、十津川は、小声で、亀井を、呼んだ。

「ちょっと、心配なんだ」

「日下刑事のことですね？」

「見て来てくれるかい？」

「行って来ましょう。N組のビルを、見張っているはずでしょう？」

「彼女が入ろうとしたら、止めるように、いってある」

と、十津川は、いった。

亀井が、一人で、飛び出して行ったあと、十津川も、今度の事件での捜査の反省点などを話したのだが、いつもと違って、気分が乗らなかった。

日下のことが、気になるからである。

亀井からは、なかなか、連絡が、入らない。十津川は、西本刑事を呼ぶと、

「君も行ってくれ」

と、送り出した。

本部長が、変な顔をして、寄って来た。

「どうしたんだね？」

「何でもありません」

と、十津川が、いった時、電話が、鳴り、受話器を取った清水《しみず》刑事が、

「カメさんから、警部へです！」

と、大声で、いった。亀井の声に、ただならぬ気配を感じたからだろう。

十津川も、あわてて、受話器を受け取ると、

「どうだった？　カメさん」

「やられました！」

と、亀井が、電話の向こうで悲痛な声を出した。

「何があったんだ?」

「日下が、刺されました。今、救急車で病院に運んだところです」

「どこの病院だ?」

「新宿二丁目のS病院です」

「すぐ行く」

と、十津川は、いい、電話を切ると、本部長に、断わって、新宿署を、飛び出した。

通りかかったタクシーを拾い、S病院に、急いだ。

(日下に、あんなことを頼んだのが、いけなかったのか?)

その思いが、病院に着くまで、重く、十津川の胸に、のしかかった。

病院の外に、亀井が、立っていた。

「どんな具合だ?」

「今、手術中です」

と、亀井が、いう。

十津川は、亀井と、病院関係者入口と書かれた小さな入口から、中に入った。

すでに、待合室の電気も消えて、中は、ひっそりと、静かである。

「彼は、助かるんだろうね?」

十津川は、青白い顔で、きいた。

「そう思います。私が、発見したときは、意識不明でしたが」

「どこで、見つかったんだ？」

「歌舞伎町の細い路地の奥です。背中を刺されて、倒れていたんです」

「N組の入っているビルの近くか？」

「そうです」

「刺したのは、N組の連中かな？」

「わかりませんが、可能性は、ありますね」

「やっぱり、あんなことを、やらせるんじゃなかったな」

と、いって、十津川は、唇を噛《か》んだ。

「大丈夫、日下は、助かりますよ。それに、あの仕事を、彼は、楽しんでいたと思います。日下は、彼女に好意を持っているようですから」

と、亀井は、話を、明るいほうに、持っていった。

一時間ほどで、手術がすみ、医者や、看護婦が、手術室から、出て来た。

「助かりますか？」

と、十津川は、医者に、きいた。

「今のところは、何ともいえませんね。何しろ、傷が、背中から、心臓近くにまで、達していますから」
五十二、三歳の医者は、そういった。
「助からないと、困るんですよ」

と、十津川が、いうと、医者は、微笑して、

「私だって、助かってもらいたいですよ」

「彼に、会えませんか？」

「駄目ですね。目下《もっか》、意識不明の状態ですから」

と、医者は、いった。

十津川は、亀井と、暗い待合室に、並んで、腰を下ろした。

「日下君を見つけた時、近くに、佐々木季見子は、いなかったかね？」

と、十津川は、きいた。

「救急車を呼んで、彼を、ここに運ぶのがやっとで、気がつきませんでした」

「日下君が、そこにいたということは、近くに、彼女も、いたということかもしれないな」

「日下が刺されたとなると、彼女も、危ないですか？」

亀井が、落ち着かない顔で、きいた。

「わからないが、君のあとから、西本君を、行かせたから、彼女を、見つけてくれるかも

しれないんだが」

と、十津川は、いった。

（だが、見つけられなかったら——）

日下の昏睡《こんすい》状態が、続いている。

十津川は、隠しておくわけにはいかず、病院から、電話で、本多捜査一課長に、報告した。

本多も、声に、驚きの響きをこめて、

「犯人の心当たりは、あるのかね？」

「まったくありません」

と、十津川は、わざと、いった。

ここで、佐々木季見子の名前を出せば、捜査に、制約を課せられる心配があったからである。

とにかく、日下刑事を刺した犯人を追いかける過程で、佐々木殺しの真相を、つかみたいと、十津川は、思ったのだ。

「しかし、日下君は、新宿歌舞伎町で、何をしていたのかね？　今度の事件は、片がついたんだろう？」

と、本多が、きいた。

「彼は、犯人の証拠がためをしていたんです」

「それは、おかしいじゃないか。証拠がつかめたから、逮捕したんだろう?」

「彼は、慎重な男ですから、まだ、不十分だと思ったんだと思います」

と、十津川は、いった。

本多は、半信半疑のようだったが、十津川のいうことなので、

「君がいうのなら、そうなんだろうが――」

「日下君を刺した犯人の捜査は、ぜひ、私にやらせてください。お願いします」

と、十津川は、いった。

電話をすませると、十津川は、亀井のところに戻った。

「日下君の事件は、われわれが、調べることになったよ」

「それは、よかったですね」

「ただ、問題がある」

「わかっています。二十年前の事件に、ぶつかる可能性があるということでしょう?」

と、亀井が、いった。

「そうだ。今のところ、日下君を刺したのが誰かわからないが、佐々木季見子を助けようとして、刺されたのだとすると、犯人を追って行くと、どこかで、二十年前の事件にぶつかるだろうね」

「その時、どうするか、今から、考えておく必要がありますね」

「かなりの覚悟が、必要になってくると思うんだよ。相手は、元刑事を殺し、今度は、現役の刑事を、刺している」

と、十津川は、いった。

「二十年前と同じように、上から、捜査を中止しろという圧力が、かかるかもしれませんね」

「ああ、そうだな」

「その時は、どうします？」

「圧力があれば、二十年前、あの事件が、本当に解決していなかったことの証拠になるじゃないか」

と、十津川は、微笑した。

「やるんですね」

と、亀井が、緊張した顔で、いった。

新宿署に、また、捜査本部が、設けられた。

日付けが変わって、午前三時を過ぎたが、日下刑事は、昏睡《こんすい》状態のままだった。

十津川と、亀井は、病院から、新宿署に、戻った。

佐々木季見子のことも、心配だったからである。

彼女は、まだ、自宅に、帰っていなかった。

十津川は、刑事たちに、手分けして、季見子を、探すように、指示した。日下が、歌舞伎町の路地で刺された時、彼女も、近くにいたと思われたからである。

先に、歌舞伎町周辺を調べていた西本刑事から、電話が入ったが、季見子は、見つからないという。

十津川と、亀井も、探しに出ることにした。彼女まで、口封じに殺されては、大変だと思ったのと、彼女を見つけたら、自重するように、忠告するためだった。

さすがに、この時刻になると、歌舞伎町周辺も、人通りが、ほとんどなくなっている。

それでも、雑居ビルのところに、灯りがついていたり、二十四時間営業のコンビニエンスストアに、客がいたりするし、酔っ払いが、わめいていたりする。

「彼女は、こんな時間に、どこで、何をしているんですかね?」

亀井は、歩きながら、腹立たしげに、いった。

「彼女は、彼女なりに、一生懸命なんだろう」

「おかげで、日下刑事が、やられましたよ」

と、亀井が、いった。

N組の入っているビルも、シャッターを下ろしてしまっていた。

まさか、彼女が、N組に監禁されていることはないだろうが、夜が明けても、見つからなければ、乗りこんで、調べる必要が、出てくるかもしれない。

とうとう見つからずに、十津川たちは、捜査本部に、引きあげた。

他の刑事たちも、次々に、戻って来た。

もう夜が、明ける。

十津川は、もう一度、季見子の自宅に、電話してみたが、応答は、なかった。

午前九時。

朝早くから、店を開けている近くのラーメン屋から、ラーメンをとって、食べているところへ、電話が、鳴った。

日下の運ばれた病院からだった。

「日下さんが、意識を取り戻しましたよ」

と、教えてくれた。

「ありがとうございます」

と、十津川は、ほっとして、礼をいった。

「今、日下さんのことを心配して、若い女の方が、来ているんですが、名前をおっしゃらないんです。二十五、六の方ですが」

(佐々木季見子だ)

十津川は、亀井と、病院に、駆けつけた。

待合室に、やはり、佐々木季見子が、ぽつんと、腰を下ろしていた。

十津川は、ほっとするよりも、無性《むしょう》に、腹が、立った。

「どこにいたんです?」

と、十津川は、思わず、大声できいた。

季見子は、びっくりしたような眼で、十津川を見、亀井を見た。その眼が、やたらに赤いのは、昨夜、眠っていないのか。

「どこにって——?」

「ずいぶん、探しましたよ。日下刑事だけじゃなく、あなたまで、刺されてしまったんじゃないかと思ってね」

「じゃあ、日下さんは、私のために刺されたんですか?」

「たぶんね。あなたのことが、心配だから、日下刑事に、守るように、いってあったんです。今まで、どこにいたんですか?」

「高円寺《こうえんじ》です」

「高円寺で、何していたんです?」

亀井も、怒ったような声を出した。

「いわなければ、いけないんですか?」

「日下刑事は、あなたのために、刺されたのかもしれないんですよ」

「尾行して、行ったんです」

「尾行？　誰をです？」

「私は、どうしても、父が、北原というチンピラに、殺されたというのが、信じられないんです。それも、金を盗もうとして、殺したなんて。それで、北原という男のことを、調べました」

「N組のビルのまわりをですか？」

「ええ」

「昨夜も、あの辺を、歩きまわったんですね？」

「ええ」

「それで、どうしたんですか？」

「北原と、親しくしていた女の人がいるということを、聞いたんです。歌舞伎町のバーで働いている女です。それで、その店に行って、様子を見ていたら、彼女に、電話があって、急に、店を出て行ったんです」

「それで、尾行した？」

「ええ。タクシーを拾ったので、私も、タクシーに乗りました。そしたら、高円寺のホテルへ入ったんです。私は、ずっと、ホテルの外で、見張っていたんですけど」

「何か、わかったんですか？」

「女の人が、一人で、あんな時間に、ホテルに入るはずがないから、誰かが、先に来ていたんだと思いますけど、出てくるのを見る前に近くの喫茶店で、朝食をとっていたら、テレビのニュースで、日下さんが、刺されて、病院に運ばれたと知ったんです。私のせいかもしれないと思って、駆けつけたんですけど――」

「その女の名前は、何というんですか?」

と、十津川が、きいた。

「本名は、知りませんけど、お店では、ミユキさんと、呼ばれていましたわ」

「北原の彼女ということは、間違いないんですか?」

「新宿歌舞伎町では、何人かの人が、知っていましたわ」

と、季見子は、いった。

「それなら、間違いないでしょう。彼女を尾行して、何を知ろうと思ったんですか?」

十津川が、きいた。

「父が、なぜ殺されたのか、それが知りたかったんです。北原という男は、きっと、誰かに頼まれて、父を、殺したに違いないと、思うんです。北原の彼女を尾行すれば、それが、わかるかもしれないと思って」

「気持ちは、わかりますが、もう、おやめなさい」

と、十津川は、優しくいった。

「なぜですか？」

「危険です。北原は、暴力団N組の人間です。北原のことを、あれこれ調べられるのを、面白くないと感じる人間も多いはずです。そうした人間が、日下刑事を、刺したかもしれない。だから、もう、やめたほうがいいと、思いますね」

「でも、警察は、父が殺された事件は、もう解決したと、思っているんでしょう？」

と、季見子が、十津川の顔を、まっすぐに見て、きいた。こういう眼は、苦手である。正直に答えなければいけないのだろうが、捜査一課の十津川が、この段階で、疑問を持っているというわけには、いかない。

「とにかく、危険な行動は、慎《つつし》んでください。あなたが、そうした行動をとると、放っておけないので、誰かを、ガードにつけなければなりません。また、日下刑事のような事件が、起きる可能性があります」

「日下さんには、申し訳ないと思いますけど、私が、頼んだことじゃありませんわ。父のことで、真相を調べようとしない警察は、私のことも、放っておいてほしいと思います」

と、季見子は、激しい口調でいい、病院を出て行った。

「どうしますか？」

と、亀井が、十津川を見た。

「どうというと？」

「日下刑事の代わりに、誰かを、彼女の警護につけますか?」

「いや、つけないでおこう」

「危険ですよ」

「つけたいが、彼女のいったミユキという女を、われわれが、調べるんだ。佐々木季見子も、どうせ、彼女のことを調べるだろうから、間接的な警護には、なるはずだよ」

と、十津川は、いった。

彼は、西本と、清水の二人の刑事に、ミユキという女を、調べるように、命じた。

次は、日下を刺した犯人の捜査である。

「まず、意識を回復した日下刑事から、話を聞いてみようじゃないか」

と、十津川は、亀井を誘い、日下のいる三階の病室へ上がって行った。

一人部屋のベッドの上に、日下は、寝かされていた。

日下は、青白い顔で、十津川を見た。

「申し訳ありません」

と、日下は、細い声で、いった。

十津川は、微笑《ほほえ》みかけながら、

「君が、謝ることはないさ。悪いのは、あんな仕事をさせた私だよ」

「しかし、不覚でした」

「話をして、大丈夫かね？　傷口が、痛まないかね？」

「話をするだけなら、大丈夫です」

と、日下は、いった。

「それなら、刺された時の状況を、話してくれないか」

「警部の指示で、佐々木季見子を、見張っていました。彼女は、N組のビルにこそ、入りませんでしたが、あの近くのバーや、スナックに顔を出しては、北原のことを、きいてまわっていました」

「やはりね」

「そして、北原の女のことを、探り出したんです」

「ミユキという女だね？」

「そうです。だんだん、危険になってくるなと思いました。北原の背後にいる人間に、一歩でも近づけば、相手は、彼女を消そうとするかもしれないからです。そこで、私は、彼女より先に、ミユキという女のことを、調べてやろうと思ったんです」

「それは、なぜだね？」

「佐々木季見子より、もっと強く、北原のことを、嗅《か》ぎまわっている人間がいるとなれば、相手は、彼女より、私を、マークするだろうと思ったからです」

「それで、君が、襲われたか？」

「そう思います」

「ミユキという女について、何が、わかったのかね？」

「彼女は、北原の女ですが、単純に、ホステスと、そのヒモという関係ではないようなのです」

「と、いうと？」

「はっきりはつかめなかったんですが、彼女を通じて、北原に、かなりの小遣いを与えていた人間がいたみたいです」

「何かの時に役立てようと、ミユキという女を使って、チンピラを養っていたことになるのかな？」

「そう思います」

「そのスポンサーを見つけ出せば、何かわかるかもしれないいな」

「とにかく、ミユキという女に当たってみようじゃありませんか？」

と、亀井が、十津川を促した。

陽が落ちてから、十津川と、亀井は、ミユキの働いている新宿歌舞伎町のバーに、出かけて行った。

雑居ビルの中にある店だが、ビルの入口に、西本刑事が、立っていた。

「どうしたんだ？」

と、十津川が、声をかけると、

「まだ、来ていません」

「ミユキのことか？」

「そうです。いつもなら、七時には、来ていると、いうんですが」

「今、七時半か。清水君は？」

「彼女のマンションに、行っています。小田急線《おだきゅう》の豪徳寺《ごうとくじ》にあるそうです」

と、西本は、いった。

十津川と、亀井は、店の中に入ることにして、西本には、清水と合流して、彼女の自宅マンションで、聞き込みをやるように、いった。

店の中は、洒落《しゃれ》ているが、ホステスが、四、五人の小さなバーである。

十津川と、亀井は、カウンターに腰を下ろし、ビールを、頼んだ。

三十歳ぐらいのママが、二人の顔を、見ていたが、

「警察の方でしょう？」

と、きいた。

十津川は、苦笑して、

「わかるかね？」

「そりゃあ、わかりますわ。お断わりしておきますけど、あたしの店は、別に——」

「そんなことで、来たんじゃないんだ。ここにいるミユキというホステスさんに、ききたいことがあってね」

と、十津川は、正直に、いった。

「そういえば、ミユキちゃんは、まだ、来てませんねえ」

「彼女のつき合っている男のことを、知りたいんだよ」

「一人、いましたけど、今度、警察に、捕まってしまいましたよ」

「北原というチンピラのことは、わかっているんだ。われわれの知りたいのは、別の人間のことでね。彼女のスポンサーみたいな人間がいるはずなんだが、知らないかね？」

十津川が、きくと、ママは、大げさに、眼を瞠《みは》って、

「ミユキちゃんにそんな人がいたなんて、初耳ですわ。いつも、金持ちのパトロンがほしいって、いっていたくらいなんですから」

「おかしいな。スポンサーがいたことは、間違いないんだがね」

「本当に、知りませんよ」

と、ママが、いった時、カウンターの上に置かれた電話が、鳴った。

ママが、受話器を取ってから、「十津川警部さん？」と、きいている。十津川が、「私だ」といって、受話器を、受け取った。

「清水です」

と、相手が、いった。

「彼女は、マンションにいません」

「いつからいないんだ？　こっちへ来る途中かもしれないが」

「管理人の話では、どうも、昨日から、帰っていないようなんです」

と、清水刑事が、いう。

「間もなく、西本刑事が、そっちへ着くはずだから、二人で、そのマンションの聞き込みをやってくれ。それから、高円寺へまわって、昨夜、彼女が、どんな人間と、ホテルへ泊まったか、調べるんだ」

十津川は、それだけ、声をひそめて指示し、電話を切った。

ママが、じっと、十津川を見ている。

「昨夜、彼女は、途中で、帰ったはずなんだが？」

と、十津川は、ママに、きいた。

「ええ、外から電話があって、看板前に、帰りましたよ」

「誰からの電話だと、いっていたのかね」

「逮捕された北原のことで、弁護士に、会うのだと、いっていましたわ」

「弁護士ねえ」

十津川は、首を振った。弁護士と相談するのに、高円寺のホテルに行ったというのか。

「ママさんは、その弁護士に、会ったことがあるの?」

と、亀井が、きいた。

「いいえ。会ったことは、ありませんけど」

「ミユキさんの写真が、ないかね?」

「写真ですか? あったかしら?」

と、ママは、首をひねりながら、奥に消えた。そのまま、二十分近く戻って来なかった。

やっと顔を出すと、

「ずいぶん、探して、一枚だけ、ありましたわ」

と、一枚の写真を、十津川に、渡した。

ママと一緒に写っているものだった。背景は、どこかのホテルらしい。

「去年の夏に、みんなで、沖縄へ行った時のものですよ」

と、ママが、説明した。

「彼女のことを、何でもいいから、話してくれないかね」

と、十津川は、頼んだ。

「何でもといわれても、よく知らないんですよ。ホステスのプライベートには、一切《いっさい》、タッチしないというのが、あたしの方針ですから」

「ここで、どのくらい働いているのかね？」

「去年の二月頃からだから」

と、ママは、いった。

一年半ぐらいのところか。

「北原とは、どんなことで、関係ができたのかな？」

「北原さんが、うちに、飲みに来てでしょうけど、あたしも、最近なんですよ、二人の関係に気がついたのは」

「北原が、殺人をやったことを知って、ミユキさんは、何か、いってなかったかね？」

「何も。あたしも、ききませんでしたからねえ」

と、ママは、いった。

十津川と、亀井は、仲間のホステスたちにも、ミユキのことをきいてみたが、反応は、同じだった。

プライベイトなことは、ほとんど知らないというのである。

ただ一つ、わかったのは、ミユキは、ここで働く前は、ＯＬだったというのである。それも、どんな会社で、働いていたのかは、わからなかった。

十津川たちは、彼女が、現われたら、すぐ連絡してくれるように、ママに頼んで、捜査本部の新宿署に、戻った。

西本と、清水の二人が、帰って来たのは、夜半近くである。

「高円寺のホテルに、まわって来ました」

と、清水が、十津川に、報告した。

「どんなホテルだったね?」

「ラブホテルかと思ったんですが、普通のホテルでした」

「それで、彼女が、どんな人間と会ったか、わかったかね?」

「それが、わかりません」

「わからないって、なぜだ?」

「昨日、泊まり客は、全部で、五十二人でした。そのうち、一人で泊まっていた客は、二十七人です。彼女は、その一人に、会いに行ったと思うんですが、フロントで、何号室ともきかずに、入っているので、相手の名前が、わからないんです」

「しかし、彼女は、そのホテルに、相手と一緒に泊まったはずだよ。相手が、女とは、ちょっと思えない。二十七人のうち、男の泊まり客は、何人なんだ?」

「二十三人です」

「その二十三人の名前と、住所は、わかるんだろう?」

「宿泊カードを、写して来ました」

と、清水がいい、西本と二人で、書いて来た名簿を見せた。

二十三人の名前と、住所が、書いてあった。それに、四人の女性のもである。

「明日、全員で、手分けして、この泊まり客を、調べることにする。東京以外の人間については、各県警に協力要請だ」

と、十津川は、いった。

「偽名で、泊まっている人間もいるかもしれません」

と、西本が、いった。

「いるだろうが、そんな人間が、一番、怪しいんだよ」

と、十津川は、いった。

翌日、全員で、この泊まり客の調査を始めた。東京以外の人間が多いので、それは、十津川が、電話で各県警に、調査を頼んだ。

偽名の泊まり客がいるだろう。当然、住所も、その場合は、でたらめに違いない。それは、覚悟していたのだが、意外にも、二十三人の男も、四人の女も、すべて、本名だった。

しかし、この二十七人のなかに、ミユキと関係があると思われる人物は、浮かんでこなかった。

行方不明

捜査は、壁にぶつかった。

肝心《かんじん》のミユキというホステスが、姿を消してしまったのだ。

それに、高円寺で、彼女が会った相手も、わからない。

「この段階で、捜査令状を取って、彼女の部屋を、調べるわけにもいかないな」

と、十津川は、腕をこまねいてしまった。

一日や、二日、マンションに帰らず、店にも出ないからといって、家宅捜索は、できない。

「家族が、捜索願でも、出してくれれば、いいんですがね」

と、亀井が、いう。

「家族が、いるのかな?」

十津川は、机の上に置いた写真を見つめた。

バーのママから借りて来た写真である。背は、一六五センチくらいあるらしいが、平凡な顔立ちの女に見える。

佐々木を殺した犯人として、北原が自首して来た時、この女のことは、浮かんでこなかった。

確か、あの時は、北原が、他の女の名前をいったのだ。その女のところに、聞き込みに行ったのは、覚えている。ソープランドの女で、彼女は、あっけらかんとした顔で、何度かつき合ったことがあると、いった。

今から考えると、あの女はダミーで、ミユキという女のほうが、本命だったのかもしれない。

三日たった。

が、ミユキは、現われなかった。家族を探して、捜索願を出させようにも、その家族の構成も、居所も、不明だった。

「彼女に、何かあったに違いありません。マンションの彼女の部屋を、調べましょう」

と、亀井は、主張した。

十津川も、同じ思いで、捜査本部長に、相談した。

「君は、ひょっとすると彼女が、殺されているんじゃないかと、思うのかね？」

と、本部長が、きいた。

「その可能性は、あると、思っています」

と、十津川は、いった。

「わかった」

と、本部長が、いってくれた。

しかし、令状が出る前に、ミユキのマンションが、火事になった。

しかも、火元は、五階の彼女の部屋である。

十津川と、亀井が、駆けつけた時、その部屋は、黒焦げになっていた。

消防の放水で、水びたしになった部屋の中に、二人は、消防隊員と一緒に入って行った。

壁も、家具も、燃えてしまっている。

「死体は、ありませんね」

と、亀井が、小声で、いった。

十津川は、黙って、うなずいた。あるいは、焼け跡から、ミユキの死体でも見つかるのではないかと思ったのだが、それがなかったのは、救いだった。

「灯油を撒《ま》いて、火をつけたみたいですね」

と、消防隊員の一人が、十津川に、いった。なるほど、それらしい強い匂いがしている。

完全な放火なのだ。

そう思いながら、十津川は、強い眼で、燃えてしまった室内を、何度も、見直していた。

（犯人は、なぜ、放火したのだろうか？）

それが、第一の疑問だった。

部屋の主を殺しておいて、火をつけるということは、よくある。

だが、この場合は、違っていた。

主人のミユキは、行方不明になっている。それも、三日前から、姿を消してしまっているのだ。

その留守宅が、放火されたのである。

何のために、誰が、放火したのか、わからなかった。

ミユキ本人の仕業《しわざ》ということも考えられるのだ。

十津川は、焼け焦げた三面鏡の引出しを、開けてみた。

手紙か、写真でも、残っていたらと思ったのだが、中身も、完全に、燃えてしまっていた。

「駄目だな」

と、十津川は、手の中で、焦げた破片になって、くずれていく燃えかすを見て、呟《つぶや》いた。

「それが、狙《ねら》いですかね?」

と、亀井が、いう。

「かもしれないな。念入りに、灯油を撒いておいて、火をつけたんだ。だから、すべて、燃えてしまった。ミユキという女の身元とか、交友関係を証明するようなものは、すべて、焼いてしまおうと、思ったのかもしれないね」

「それにしても、肝心のミユキは、どこへ消えてしまったんですかね?」

「殺されたかな?」

「それとも、誰かが、われわれの手の届かないところに、逃がしてしまったのか」

「海外ということかね?」

「そうです。そうしておいて、彼女の持ち物を、全部、焼き捨ててしまったんじゃないでしょうか? 焼却炉へ投げ込む代わりに、マンション自体に、火をつけてです」

と、亀井は、いった。

「せめて、彼女の本名でも、わかればな」

「区役所へ行って、住民登録が、どうなっているか調べてみましょう」

と、亀井は、いった。

しかし、戻って来た亀井は、

「駄目でした。あのマンションは、別の人間の名義になっていますね」

と、いった。

ミユキは、その人間から、借りていたらしい。

十津川と亀井は、持ち主に、会ってみたが、驚いたことに、マンションを、その人物から借りていたのは、北原だった。

いや、北原が借りていたというより、北原の名前で、借りていたというべきだろう。

北原が、捕まった時の住所は、このマンションではなかった。それを考えると、明らかに、北原は、名前だけを、貸していたのだ。

実際に、このマンションの部屋代を払っていた人間が、恐らく、北原に、佐々木を殺させたのだろう。

「その人間は、あくまでも、陰にまわって、正体を、つかませない気ですね」

と、亀井が、いまいましげに、いった。

「しかし、こっちは、何としてでも、その人間の正体を、知りたいね」

と、十津川は、いった。

「北原は、知っているはずですが、今の状態では、絶対に、話さないと思いますね」

「高円寺のホテルで、ミユキと会ったのは、恐らく、この人物だと思うんだがね」

「私も、そう思います」

「もう一度、あのホテルの当日の泊まり客を、洗ってみようじゃないか」

と、十津川は、いった。

「しかし、警部。一度、調べて、これはという人物は、見つかりませんでしたが」

と、亀井が戸惑《とまど》いの色を見せて、いった。

「あれは、間違えたと思うんだよ」

「どこがですか？」

「一人で泊まっている人間だけを調べたことさ。むしろ、宿泊カードに、二人で泊まっている人間を、調べるべきだったんだよ。その人間は、あとからミユキが来るとわかっているわけだから、フロントでは、たぶん、ツインルームをとり、宿泊カードには、——他一名と、書きこんだはずなんだ」

「なるほど」

「西本刑事たちに、もう一度、あのホテルへ行って、二人で泊まっていた人間を、チェックしてくるように、いってくれ」

と、十津川は、亀井に、いった。

今度は、最初から、カップルで泊まっていた人間を、リストアップした。

それも、男女の名前が書きこんであるものより、——他一名と、宿泊カードに記入した人間を、重視した。

前の時と同じように、各県警に、協力してもらっての調査になった。

今度は、手応《てごた》えがあった。

偽名の人物が、一人、浮かび上がってきたからである。

〈山田博《やまだひろし》他一名〉

と、宿泊カードに書かれている人物だった。住所は、大阪となっていたが、その住所は、でたらめと、わかった。

西本が、フロントやボーイ、ルーム係などに、その男を覚えているかどうか、きいた。

フロント係は、この山田博について、年齢は、三十五、六歳、身長一八〇センチくらいと、いった。

かなり大きな男である。

十津川は、ホテルの従業員たちに協力してもらって、この男の似顔絵を作成することにした。

男は、フロントに現われた時も、ボーイに、部屋に案内される時も、チェックアウトの時も、常に、サングラスをかけていたという。

従って、似顔絵も、サングラスをかけたものになった。

そのせいか、男の顔は、かなり、きつい感じだった。サングラスをとると、意外に、優しい感じなのかもしれないが、できあがった似顔絵では、一見、ヤクザふうである。

他に、従業員が覚えていたことを、すべて、注意書きとして、注記しておいた。

男としては珍しく、ダイヤを埋めこんだ指輪をしていた。

部屋に案内したボーイに、千円のチップをくれたが、その時、取り出したサイフは、朱色のカルチェだった。

声は、低いほうである。

訛《なま》りは、感じられなかった。

頭髪は、豊かで、軽くウエーブが、かかっている。

背が高いので、大股に、速く歩く。事実、部屋に案内したボーイが、置いていかれそうになったと、証言している。

宿泊カードに、住所を、大阪と書いているが、スーツケースも、ボストンバッグも、持っていなかった。

三つ揃《ぞろ》いの背広は、かなり上等な感じがしたと、これは、フロント係の証言。

十津川と、亀井は、でき上がった山田博の似顔絵を、改めて、見直した。

もちろん、山田博は、偽名だから、本名はわからない。

「持ち物がなかったということから考えて、東京の人間の可能性が、強いと思いますね」

と、亀井が、いう。

「その点は、同感だよ」

と、十津川も、いった。

「佐々木季見子が、ミユキのことを、調べ始めたので、この男は、あわてて、高円寺のホテルに、彼女を、呼びつけたのかもしれませんね」

「そして、どうしたかだな。口封じに、消してしまったのか、どこかに、姿を隠すように、指示したのか」

と、十津川は、いう。疑問は、同じところに戻ってしまう。

「この似顔絵を、歌舞伎町で、配ってみますか？　一度ぐらいは、ミユキの働いていたバーに、現われているかもしれませんから」

と、亀井が、いった。

「やってみてくれ」

と、十津川は、いった。

似顔絵が、何枚もコピーされ、刑事たちは、それを持って、歌舞伎町周辺の聞き込みに当たることにした。

特徴のある顔だから、すぐ、反応があると思ったのだが――。

見事なほど、目撃者が、出てこないのである。

刑事たちの聞き込みは、空振りばかりだった。

「これは、おかしいですよ」

と、亀井が、眉を寄せて、十津川に、いった。

「確かに、妙だね。特徴のある顔だからね」

「まるで、誰かが命令を出して、一斉《いっせい》に、口を閉ざしてしまったみたいです」

と、亀井が、いう。

「しかし、歌舞伎町周辺の人間全部の口を封じることは、不可能じゃないかね」

十津川は、首をかしげて、いった。

「あの辺を縄張りにしている組織なら、できるかもしれませんよ」

「と、いうより、この似顔絵が、その組織の人間ということも、考えられる」

「例のN組のですか？」

「ああ、N組の幹部とすると、北原に、命令して自首させることは、容易だから、納得できるんじゃないかね」

と、十津川は、いった。

十津川は、捜査四課の花井《はない》警部に会って、例の似顔絵を見せた。

「歌舞伎町周辺を縄張りにしているN組の幹部に、この男がいるんじゃないかと思ってね」

と、十津川が、いうと、花井は、じっと見ていたが、

「三村《みむら》という幹部によく似ているねえ」

「やっぱり、そうか」

「奴が、何かやったのか？」

「いや、まだわからないんだが、ひょっとすると、うちの日下刑事がやられた事件に、関係しているかもしれないんだ」

と、十津川は、いった。

「うちで、三村のことを、調べてみようか？」

と、花井が、いった。

「その必要が出たら、頼むよ。今は、三村という男のことを、いろいろと、知りたいんだ。どんな男なんだ？」

「年齢三十六歳。前科五犯。通算して、七年間刑務所に入っている。日頃は、おとなしいが、いざとなると、危険な男でね。まあ、怖がられているといっていいね。あとで、三村の経歴と、写真を送るよ」

と、花井は、いった。

「殺人の前科はないのか？」

「傷害はあるが、殺しまでは、やっていないね。ただ、三村に、日本刀で、腕を切られたなんて男もいる。それから、男なのに、宝石を身につけるのが好きな奴だよ」

「それなら、三村に間違いないと思う。住所は、わかるかね？」

「それも、調べて知らせるよ」

と、花井は、約束してくれた。

一時間ほどして、捜査本部に、メモと写真が、送られて来た。

三村博《ひろし》。三十六年の経歴と、住所の書かれたメモである。

十津川は、亀井と、そのメモに書かれた住所を訪ねてみた。

新大久保《しんおおくぼ》近くのマンションである。

管理人に会って、三村の名前をいうと、急に青い顔になって、

「また、何かあったんですか？」

と、いった。暴力団の幹部ということは、知っているらしい。

「いや、ただ会って、話を聞きたいだけだよ」

と、十津川は、いった。

最上階の七階だというので、エレベーターで、上がって行った。

七〇八号室だが、表札は出ていなかった。

インターホンを、押してみたが、返事がない。

「新宿の組事務所の方にいるんじゃないのか？」

と、十津川が、いうと、亀井は、

「いや、事務所に電話しましたが、ここ二、三日、顔を出していないということでした」

と、いい、もう一度、インターホンを押してみた。

相変わらず、返事がない。

十津川は、不安に襲われた。佐々木が殺された時から、相手が、次々に、先まわりしているからだった。

北原という犯人が現われ、次に、ミユキという女を見つけようとすると、行方不明になってしまった。

今度は、三村である。

今、午後十一時に近い。普通の人間なら、家に帰っている時間だろう。

「どうしますか？」

と、亀井が、振り向いて、十津川を見た。

「ドアをこわして、入るわけにもいかないだろう。明日、もう一度、来てみよう」

と、十津川は、いった。

翌日、今度は、昼前に、亀井と行った。が、相変わらず、応答がない。

「留守ですかね？」

亀井が、きく。

「いや、昨夜来た時と同じ勢いで、電気のメーターが、まわっているよ」

と、十津川は、いった。カギ穴から覗《のぞ》くと、電気がつけっ放しなのがわかった。

何かおかしいのだ。

「部屋に入ってみよう」

と、十津川は、決心して、いった。

管理人に、ドアを開けてもらい、十津川と、亀井が、中に入った。

2LDKの部屋の、奥の寝室を覗いた十津川の顔が、ゆがんだ。

(やられた!)

と、思ったからである。

布団《ふとん》の上で、中年の男と、若い女が、折り重なって、倒れていた。

死の匂いが、部屋に漂っていた。

男は、ナイトガウン姿で、女は、下着姿だった。男は三村、女はミユキと思われる。

枕元には、レミーマルタンのびんと、グラスが二つ置かれている。それを飲んで、死んだという形になっていた。

「死因は、毒物死だな。かなり時間がたっているよ」

と、十津川は、亀井に、いった。

恐らく、青酸《せいさん》中毒だろう。

「心中に見せかけた殺しといったところですか?」

と、亀井が、二つの死体を見下ろして、いう。

「そうだろうね。本物の心中なら、でき過ぎだよ」

と、十津川も、いう。

遺書も、見つからないし、第一、探していた二人が、こんな形で死んでいるというのも、おかしいのだ。

鑑識が、やって来て、写真を撮り、指紋の検出に当たる。

男は、管理人が、三村と、確認した。女のほうは、写真のミユキと、同じ顔をしていた。

解剖のために、運び出される二つの死体を見送ってから、十津川は、難しい顔になっていた。

「誰かが、心中に見せかけて、殺したのは確かだが――」

十津川は、言葉を切って、考えこんだ。

その誰かが、問題だし、今、十津川が、考えているのは、その人間の強烈な意志ということだった。

絶対に、警察の手を近づけるものかという強い意志である。そのためには、何人殺しても構わないと考えているように見える。

「やはり、二十年前の事件が、尾を引いていると、お考えですか？」

亀井が、きく。

「そう考えざるを得ないね。あの事件を追っていた佐々木さんが殺された。犯人は、北原というチンピラだが、彼が、誰かの指示でやったことは、はっきりしている。それを突き止めようとしたら、今度は、日下君が襲われ、三村とミユキが死んだ。全部、つながっていると思うよ」

「逆に考えれば、われわれは、真相に近づいていることになりますね。二十年前の事件の真相にです」

「そう思いたいがね」

十津川は、あまり自信のないような声を出した。

三村とミユキの遺体は、東大病院で、解剖が、行なわれた。

死因は、十津川の予想通り、青酸中毒だった。

死亡推定時刻は、二日前の八月一日午後十時から十一時の間だという。

二日間、あの死体は、放置されていたのだ。

レミーマルタンのびんの中に、青酸カリが、混入されていた。当然、二つのグラスに少し残っていたブランデーからも、青酸が、検出された。

警察は、心中に見せかけた殺人と、断定した。

意外なことに、N組は、三村は、すでに、組を離れた人間であり、彼の死には関心がないという態度を、表明した。

三村は、N組の幹部だった男である。本来なら、盛大な葬儀を計画し、警察ともめるところなのだが、今度のN組の態度は、十津川には、不可解だった。

そのあたりを、捜査四課の花井に、調べてもらった。

「三村が、組を離れた人間だというのは、嘘だね」

と、花井は、十津川に、いった。

「しかし、N組は、そういっているがね」

「何か理由があって、もう関係のない人間だと、主張しているんだと思うよ。そうすることが得策だと判断したんだろう」

「殺人事件に関わりたくないということかね？」

と、十津川がいうと、花井は、笑って、

「そんな殊勝《しゆしよう》な連中じゃないさ。彼らは、利害関係で、動くんだ。もし、得になると思えば、殺人事件にも、首を突っこんでくるよ」

「すると、関係がないと主張することで、何か利益があるということかな？」

「君は、N組が、殺したとは考えていないみたいだね？」

と、花井が、きいた。

「ああ、今のところ、思っていない。そんな単純な事件ではないと見ているんだ」

と、十津川は、いった。

「もっと、複雑な事件か」

と、花井は、呟いてから、

「君のところの日下刑事が襲われた事件に、関係していると思っているわけだな?」

「ああ」

「それだけじゃないんだろう?」

花井は、十津川の顔を、覗きこむように見た。

「今のところ、私にも、よくわからないんだ」

とだけ、十津川は、いった。今でも、二十年前の事件は、タブーになっていたからである。

十津川は、花井との話のあと、考えこんだ。

三村と、ミユキの死が、殺人とすると、どういうことになるのか?

警察は、ミユキを追っていた。

それを知って、三村が、自宅マンションに、彼女を、隠したのだろう。

だが、ある人物は、それだけでは、不安になった。そこで、三村とミユキの口を封じてしまうことにした。

青酸入りのレミーを、二人に渡しても、果たして、飲むかどうか、わからない。一人だけ飲んで死亡し、大さわぎになってしまう可能性もあるからだ。とすると、犯人も、その場に居合わせたのか？

　恐らく、誰か――つまり、犯人が、レミーを持って、三村のマンションにやって来た。青酸入りのレミーである。

　そして、三村と、ミユキに、それを飲ませた。

　ミユキが、下着姿で飲んだとは思えないから、彼女が死んだあと、下着姿にしたのだろう。もちろん、心中らしく見せるためにである。

「二人が、何の疑いもなく飲んだとすると、犯人は、二人が信頼していた人物ということになりますね」

　と、亀井が、いった。

「さもなければ、絶対に、そんなことはしないと思われる人物だよ」

　と、十津川が、補足した。

「N組の組長ですか？」

「考えられるね」

「他にいますか？」

「例えば、有名人がいるよ。社会的な有名人なら、まさか、殺しなんかしないだろうと考えるからね」

「なるほど」

「まず、N組の組長から、調べてみるか」

「名前は、確か、寺本卓造《てらもとたくぞう》です」

「一度、会ったことがあるよ。小柄だが、眼つきの鋭い男だという印象がある。まともにぶつかっても、白状はしないだろう。彼の身辺を洗うことから始めよう」

と、十津川は、いった。

十津川は、もう一度、捜査四課の花井に会って、寺本卓造のことを、きいてみた。

「寺本か。年齢は、四十八歳。十年近く刑務所に入っていたはずだよ。頭のいい男で、N組の組長だが、別に、政治結社N会を作って、こちらの会長も、兼ねている。これからは、ただのヤクザでは、駄目だと考えたんだろう」

と、花井は、いった。

「政治結社をねえ」

「将来は、N組を完全に解散して、政治結社N会一本にするんじゃないかね。寺本が、何かしたのか？」

「ひょっとすると、殺人をね」

と、十津川がいうと、花井は、首をかしげて、

「寺本が、今、殺人《ころし》をやるとは、思えないねえ。今もいったように、彼は、N会を作っ

て、政治の世界に食いこもうとしているんだ。本気でね。幹部の三村が、死んだのに、早々と、無関係の声明を出したのも、そのためだと、おれは、睨《にら》んでいるんだよ」

「寺本は、殺人に、無関係か」

と、十津川は、呟いた。

「今の時期には、よほどのことがなければ、危ないことには、手を出さんはずだよ」

と、花井は、いった。

（本当だろうか？）

十津川は、考えこんでしまった。

三村やミユキに、毒入りのレミーを飲ませたのは、寺本ではないのか？

しかし、N組の北原が、佐々木を殺して自首して来ている。

それは、N組の指示ではなかったのか？

もし、組長の寺本が、指示したのなら、三村とミユキを殺したことに、彼が無関係とは、考えにくい。

寺本が、直接、手を下さないまでも、承知していたに、違いないのだ。

N組の幹部が、三村とミユキのところに行き、「組長の差し入れだ」といって、レミーを出せば、三村と、ミユキは、別に、疑わずに飲むのではないか。

「もし、寺本が、犯人だとすると、どういうことになってくるんでしょうか？」

と、亀井が、きいた。

「どういうことって、なぜ、そんなことをしたのかということかい？」

「そうです。動機です」

「もちろん、北原の件があるからだろう。北原に、命じて、佐々木さんを、殺させたことがわかるのが嫌だから、三村と、ミユキの口を封じたんだ。他には、考えられないよ」

「すると、なぜ、北原に、佐々木さんを殺させたかという問題になってきます」

と、亀井が、いう。

「二つ、考えられるね」

と、十津川は、いった。

「どんなことがですか？」

「寺本自身が、佐々木さんを殺したいと思い、それを幹部の三村に命令した。三村は、自分の女と関係していたチンピラの北原を脅して、やらせたという図式だよ」

「と、いうことは、寺本が、二十年前の事件に、関係していたということになるんじゃありませんか？」

亀井が、眼を光らせて、いった。

「二十年前というと、今、四十八歳だから、二十八歳か。連続婦女殺人事件の犯人としても、おかしくはないね」

と、十津川は、いった。

「もう一つは、どんな動機ですか？」

「寺本は、二十年前の事件とは、何の関係もなかった。ただ、金を積まれて、佐々木さんを殺してくれと、誰かに、頼まれた。そこで、幹部の三村に、命じ、三村は、チンピラの北原に、殺させた。あとは、第一の場合と同じだ」

「どちらが、正しいですかね」

「二十年前の事件の時、寺本が、どこで、何をしていたか、調べてみようじゃないか。そうすれば、二十年前の事件に、関係があるかどうか、自然に、わかってくるはずだ」

と、十津川は、いった。

部下の刑事たちは、寺本のことを、調べにかかった。

主として、二十年前の寺本の経歴である。

二十年前、寺本は二十八歳。その頃から、彼は、N組の前身であるS組で、動きまわっている。ピストルの不法所持で、逮捕されてもいた。


（下巻につづく）

本作品はフィクションであり、実在の個人・団体などとは一切関係がありません

日本音楽著作権協会(出)許諾第1111667-101号

(この作品『十津川警部の挑戦(上)』は平成三年四月角川文庫より刊行されたものです)

一〇〇字書評

切・り・取・り・線

購買動機（新聞、雑誌名を記入するか、あるいは○をつけてください）	
□（　　　　　　　　　　）の広告を見て	
□（　　　　　　　　　　）の書評を見て	
□ 知人のすすめで	□ タイトルに惹かれて
□ カバーが良かったから	□ 内容が面白そうだから
□ 好きな作家だから	□ 好きな分野の本だから

・最近、最も感銘を受けた作品名をお書き下さい

・あなたのお好きな作家名をお書き下さい

・その他、ご要望がありましたらお書き下さい

住所	〒				
氏名		職業		年齢	
Eメール	※携帯には配信できません	新刊情報等のメール配信を 希望する・しない			

この本の感想を、編集部までお寄せいただけたらありがたく存じます。今後の企画の参考にさせていただきます。Eメールでも結構です。

いただいた「一〇〇字書評」は、新聞・雑誌等に紹介させていただくことがあります。その場合はお礼として特製図書カードを差し上げます。

前ページの原稿用紙に書評をお書きの上、切り取り、左記までお送り下さい。宛先の住所は不要です。

なお、ご記入いただいたお名前、ご住所等は、書評紹介の事前了解、謝礼のお届けのためだけに利用し、そのほかの目的のために利用することはありません。

〒一〇一-八七〇一
祥伝社文庫編集長 坂口芳和
電話　〇三（三二六五）二〇八〇

祥伝社ホームページの「ブックレビュー」からも、書き込めます。
http://www.shodensha.co.jp/bookreview/

祥伝社文庫

十津川《とつがわ》警部《けいぶ》の挑戦《ちようせん》（上）

平成23年10月20日　初版第1刷発行

著　者　西村《にしむら》 京《きよう》太郎《たろう》

発行者　竹内和芳

発行所　祥伝社《しようでんしや》

東京都千代田区神田神保町3-3
〒101-8701
電話　03（3265）2081（販売部）
電話　03（3265）2080（編集部）
電話　03（3265）3622（業務部）
http://www.shodensha.co.jp/

印刷所　萩原印刷
製本所　関川製本
カバーフォーマットデザイン　芥 陽子

Printed in Japan ©2011, Kyotaro Nishimura ISBN978-4-396-33709-4 C0193

十津川警部、湯河原に事件です

Nishimura Kyotaro Museum
西村京太郎記念館

1階 茶房にしむら
サイン入りカップをお持ち帰りできる
京太郎コーヒーや、ケーキ、軽食がございます。

2階 展示ルーム
見る、聞く、感じるミステリー劇場。
小説を飛び出した三次元の最新作で、
西村京太郎の新たな魅力を徹底解明!!

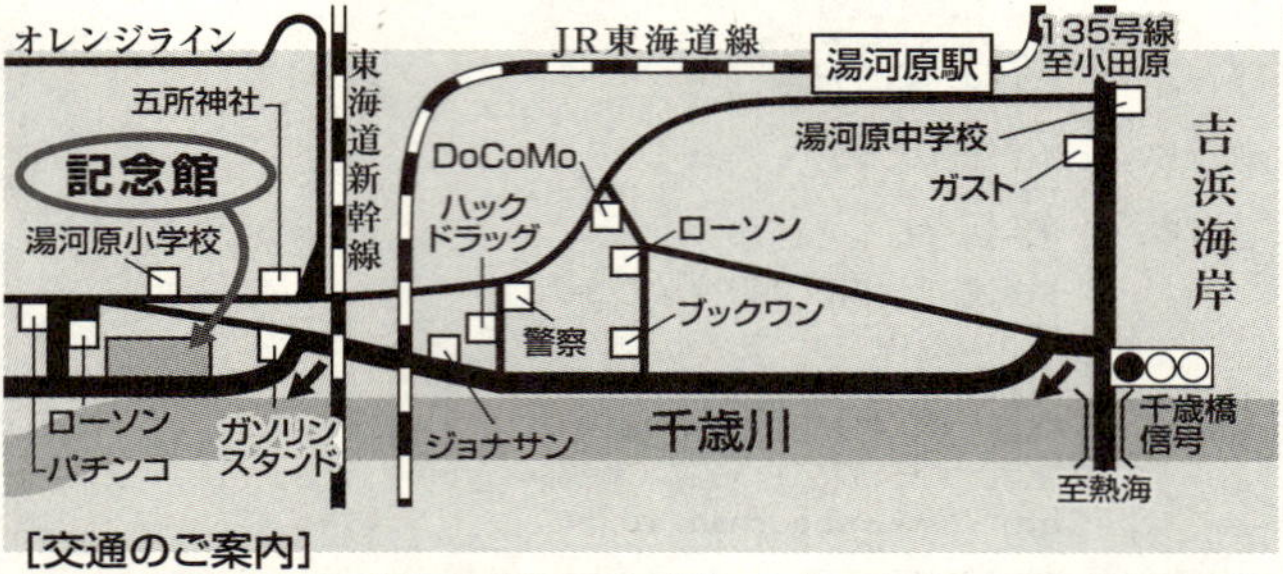

[交通のご案内]

・国道135号線の千歳橋信号を曲がり千歳川沿いを走って頂き、途中の新幹線の線路下もくぐり抜けて、ひたすら川沿いを走って頂くと右側に記念館が見えます
・湯河原駅よりタクシーではワンメーターです
・湯河原駅改札口すぐ前のバスに乗り［湯河原小学校前］（160円）で下車し、バス停からバスと同じ方向へ歩くとパチンコ店があり、パチンコ店の立体駐車場を通って川沿いの道路に出たら川を下るように歩いて頂くと記念館が見えます

●入館料／ドリンク付800円（一般）・300円（中・高・大学生）・100円（小学生）
●開館時間／AM9:00～PM4:00（見学はPM4:30迄）
●休館日／毎週水曜日（水曜日が休日となるときはその翌日）

〒259-0314 神奈川県湯河原町宮上42-29
TEL:0465-63-1599 FAX:0465-63-1602

西村京太郎ホームページ
http://www4.i-younet.ne.jp/~ kyotaro/

西村京太郎ファンクラブのお知らせ

会員特典（年会費2200円）

◆オリジナル会員証の発行
◆西村京太郎記念館の入場料半額
◆年2回の会報誌の発行（4月・10月発行、情報満載です）
◆抽選・各種イベントへの参加（先生との楽しい企画考案中です）
◆新刊・記念館展示物変更等のハガキでのお知らせ（不定期）
◆他、追加予定!!

入会のご案内

■郵便局に備え付けの郵便振替払込金受領証にて、記入方法を参考にして年会費2200円を振込んで下さい　■受領証は保管して下さい　■会員の登録には振込みから約1ヶ月ほどかかります　■特典等の発送は会員登録完了後になります

［記入方法］**1枚目**は下記のとおりに口座番号、金額、加入者名を記入し、そして、払込人住所氏名欄に、ご自分の住所・氏名・電話番号を記入して下さい

郵便振替払込金受領証　窓口払込専用

口座番号	金額	加入者名	料金	特殊取扱
00230-8-17343	2200	西村京太郎事務局	（消費税込み）	

2枚目は払込取扱票の通信欄に下記のように記入して下さい

通信欄
（1）氏名（フリガナ）
（2）郵便番号（7ケタ）※必ず7桁でご記入下さい
（3）住所（フリガナ）※必ず都道府県名からご記入下さい
（4）生年月日（19××年××月××日）
（5）年齢　（6）性別　（7）電話番号

※なお、申し込みは、郵便振替払込金受領証のみとします。
メール・電話での受付は一切致しません。

■お問い合わせ（西村京太郎記念館事務局）
TEL 0465-63-1599

祥伝社文庫　今月の新刊

西村京太郎　十津川警部の挑戦（上・下）
十津川、捜査の鬼と化す。西村ミステリーの金字塔！

原　宏一　東京箱庭鉄道
28歳、知識も技術ない"おれ"が鉄道を敷くことに!?

南　英男　裏支配　警視庁特命遊撃班
大胆で残忍な犯行を重ねる謎の組織に、遊撃班が食らいつく。

渡辺裕之　殺戮《さつりく》の残香　傭兵代理店
米・露の二大謀略機関を敵に回し、壮絶な戦いが始まる！

太田靖之　渡り医師犬童《けんどう》
現代産科医療の現実を抉る医療サスペンス。

鳥羽　亮　右京烈剣　闇の用心棒
夜盗が跋扈するなか、殺し人にして義理の親子の命運は？

辻堂　魁　天空の鷹《たか》　風の市兵衛
話題沸騰！　賞賛の声、続々！「まさに時代が求めたヒーロー」

小杉健治　夏炎《かえん》　風烈回り与力・青柳剣一郎
自棄になった科人を改心させた謎の"羅宇屋"の正体とは？

野口　卓　獺祭《だっさい》　軍鶏侍《しゃも》
「ものが違う。これぞ剣豪小説！」弟子を育て、人を見守る生き様。

睦月影郎　うるほひ指南
知りたくても知り得なかった女体の秘密がそこに!?

沖田正午　ざまあみやがれ　仕込み正宗
壱等賞金一万両の富籤を巡る悪だくみを討て！